もふもふ転生！
〜猫獣人に
転生したら、
最強種のお友達に
愛でられすぎて
困ってます〜
daifukukin
著 大福金
Illustration：パルプピロシ

ハク
珍しい種類の竜族で、
ドラゴンの姿になれる。
ルリの母。面倒見がよく、
頼りになる。
ルリ
（ドラゴンになった姿）
モチ太
フェンリルの王。
見た目はポメラニアンなのに、
ものすごく強い。
ルリ
珍しい種類の竜族で、
ドラゴンの姿になれる。
基本クールだが笑うと可愛い。
ヒイロ
本作の主人公。10歳。
異世界転生したら、
猫の姿になっていた。
美味しい料理で出会う人
皆を虜にする。

クリス
獣人国の第二騎士団長。
よくジークをからかって
怒られている。
ジーク
獣人国の第一騎士団長。
国一番の強さを誇る。
いつも一人のルビィを
気にかけている。
ルビィ
猫獣人の村に住む少年。
気が弱く心優しい。
主な登場人物
Characters

第一章　異世界転生⁉

「ひい君——目を開けて！　お願いだからっ」

「ひいろ！　父さんとの約束を破る気か？　いっ、一緒に外を走るって、二人で……決めたじゃないか……」

あれ？　お母さんとお父さんが寝ている僕に抱きついている。

なんで泣いてるのかな？

僕は今、自分の病室でふわふわ宙に浮かんで、ベッドに寝ている自分を見下ろしている。

ふふ……変な夢。不思議な感じだな。

あれ、んんん⁉

宙に浮いてた僕の体が、突然上に引っ張られた。

うわぁぁぁぁぁぁぁぁ⁉

僕はあっという間に自分の病室から、突然頭上に現れた真っ白な空間に引きずり込まれてしまった。

白い空間の中に入っても、僕を引っ張る力は弱まることなく、ぐんぐんどこかに引っ張られていく——

★★★

しばらくして、やっと動きが止まった。

目の前には……何もない真っ白な世界が広がっている。

これは何!?　ここはどこなの？

僕は病室で寝ていたはずなのに、気が付いたら宙に浮いてて……まだ夢の続きなのかな？

『おめでとう。ヤマトヒイロよ。其方（そなた）は神様ガチャで選ばれたのだ』

「うわっ!?」

さっきまで何もなかったはずなのに、いきなり目の前に、見たことがないような綺麗（きれい）な男性が立っている。

この人は誰!?　もしかして僕、誘拐（ゆうかい）されちゃった!?

どうして僕の名前を知ってるんだろう……？

怖いよ！　お母さん、お父さん、助けて！

僕は状況が呑（の）み込（こ）めずに、パニックになって、ドキドキする胸を抑えながら、男性を見た。

『落ち着くのだ。ヤマトヒイロよ。お主（ぬし）は病気で死んだ』

「死!?」

……え。僕……死んだの？

そうか、夢だと思っていたけど、上から見ていたのは、お母さんとお父さんと僕がお別れするところだったんだね。

僕は生まれた時から重い病気で、だんだん悪くなっていってるのは、自分でもわかってた。いつ死んでもおかしくなかったけど、僕の体とうとう壊れちゃったのか。

もう限界だったもんね。

……ってことは、ここって黄泉(よみ)の世界⁉　この人はあの世の番人なの？

『私はこの世界の創造神(そうぞうしん)。あの世の番人などではない。そしてお主の魂(たましい)は神様ガチャによって、私が創(つく)る世界の住人に選ばれたのだ。お主が次に生まれ変わるのは、科学の代わりに魔法が発達した世界……』

「神⁉　選ばれ……？　僕が……？」

何を言ってるの？　ちょっと意味がわからない。魔法ってどういうこと？

っていうか、創造神様に心の声が聞かれてる⁉

「ふふふ、そうだ。それと、神様ガチャは魂を選ぶ時の方法のことだ」

魂を選ぶ？　なるほど、くじ引きみたいに魂を選ぶみたいな感じなのかな？

それで、僕の魂が出てきたってこと？　よくわからないけれど……

『前世では病気でやりたいこともできず、それでも弱音を吐かずに、辛(つら)い経験をよく乗り越えた。お主が頑張った褒美(ほうび)として、おそらく神様ガチャが選んだのだ』

創造神様が僕の頭を撫(な)でる。神様ガチャで選ばれることは、ラッキーなことみたいだ。

僕は急に褒められて戸惑ってしまった。そんな僕……頑張ってないし……

胸が苦しい。

だって……だって、僕がお母さんとお父さんに迷惑をかけるような体で生まれちゃったから。

二人が悲しむのは、僕のせいなんだ。

『もう頑張らなくていいんだ』

「頑張らなくて……いい？」

創造神様にそう言われて、目を見開く。

お母さんとお父さんには、せめて心配かけないように毎日笑顔でいようって、何があっても笑ってた。痛い検査や注射だって我慢した。本当はすっごく嫌だったけど。

お母さんとお父さんが心配そうな顔をするから……平気だよって笑ってたんだ。

『偉いぞ。いい子だ。もう無理して頑張らなくていいんだ』

「あ……ぼっ、僕。ふぅう……」

気が付いたら、僕は大粒の涙をポロポロと流していた。

僕はこれまで、泣くことをずっと我慢してた。

ベッドから一歩も動けないことを愚痴ると、お母さんは『元気な体に産んであげられなくてごめんね』って泣くんだ。

でも僕が笑うと、大好きなお母さんとお父さんも笑ってくれた。

そんな二人を見るのが、僕は大好きだった。

今まではずっと泣かずに笑っていたけど、もう……我慢しなくていいんだ。

そう思ったら、涙が溢(あふ)れて止まらなかった。

もう泣いても、大好きなお母さんとお父さんを悲しませないで済むんだ。

「あああぁっ！」

泣き叫ぶ僕の頭を、創造神様はずっと優しく撫でてくれた。

『落ち着いたか？』

「あ……はい」

しばらくして泣きやんだ僕を見て、創造神様が優しく笑う。

『……ってことで、神様ガチャで選ばれたヒイロの願いを叶えてあげるわ。願い事は何かしら？』

「うわぁ!?」

突然、創造神様と違う声が聞こえてきて、驚いて辺りを見回す。

『そんなに驚かなくてもいいじゃない。失礼ねぇ。私は美と豊穣(ほうじょう)の女神、よろしくね』

創造神様の後ろから、桃色(ももいろ)の髪をした綺麗な女性が、ひょこっと顔を出した。

この人どこから現れ(あらわ)たんだろう？　神様って瞬間移動とかできるのかな……

それにしても、願いって……そんなことを急に言われてもわかんないよ。

何かもらえるの？

『神様ガチャに選ばれた人は、特典として、生まれ変わる時に特別な力をもらえるの』

特別な力……？

『ヒイロはね、病気になってしまったから、前世で何もできなかった。でも心を病むことなく、前向きに頑張っていたでしょう？　創造神も言っていたけれど、そのご褒美よ』

ご褒美か……本当に僕がもらってもいいのかな？

『いいのよ。さぁ、どんな特典が欲しい？』

あれ？　さっきから話してないのに、女神様も答えを返してくれる。

ってことは、やっぱり！　僕が考えていることは全て筒抜けなの⁉

『はははっ。当たり前だ。私たちは神だからな。頭でも口でも好きなほうで話すがいい』

創造神様が楽しそうに笑う。

そっ……そうなんだぁ！　心の声がダダ漏れとか、ちょっと恥ずかしい。

『色々話しすぎたわね。もう時間がないわ。あと三分で希望を言ってね？』

女神様がにっこり笑いながら、僕に話かける。

え？　三分⁉　そんな急に決められないよ！

『はい。残り二分と四十八秒！』

わぁぁっ！　急がないと！

ええと、ベッドで読み漁っていた本の知識を引っ張り出して……

ファンタジー小説の主人公たちは、皆チート能力をもらってたよね。

見た目も好きなようにできるのかな……？

ああ！　猫獣人とかいいかも！　もふもふ最高！

前世では映像を見るだけで、動物に触れることは叶わなかったから。

あとは、絶対病気にならない健康な体が欲しい。苦しむのはもう嫌だ。

あっ……そうだ！　スキルは何がいいかな……

なんでも無制限に入る《アイテムボックス》と、色々便利そうな《鑑定》は必須だよね！

いきなり知らない誰かと会うのは、緊張するなぁ。僕、誰かと上手に話せる自信ないし……最初はあんまり人がいないところから冒険を始めたいかも……

『はい！　時間切れ～！　ヒイロの願いは、見た目がもふもふで、健康な体。スキルは《アイテムボックス》と《鑑定》を希望するのね。あと、前世の記憶は残して……初めは人間に会いたくない、っと。わかったわ、全て叶えてあげる！　では、転生させるわね』

え？　もう転生!?　心の中で色々と考えてたけど、全て叶えてもらえるの？

どれか一つだけかと思ってた！　これってすごくラッキーなんじゃ？

『ではヒイロ、次の人生楽しんでね』

女神様の言葉を聞いたあと、真っ白で明るかった世界が暗転して、僕は意識を手放した。

★★★

「うわぁ……」

しばらくして意識が戻り、目を開けると、目の前には見たこともない景色が広がっていた。

ここはどこかな？　見渡す限り木や草しかない。

未開のジャングルに、いきなり放置されたようだ。

ちょっと待って、これ思ってたのと違う。

僕はてっきり赤ちゃんからスタートするのかと思っていたのに、森で一人ぼっちなんて……

あれ？　なんで？　チートはどうやったら使えるの～！

自分が置かれた現状を理解できず、混乱して呆然と立ち尽くしていると——

『お～い。ヒイロ！』

この声は女神……様？

『人間に会いたくないっていっても、誰もいないところで赤ちゃんからスタートするのは流石にかわいそうだから、特別に前世の年齢と同じ十歳にしてあげたわよ。あと、人の言葉も理解できるようにしておいてあげたわ。じゃ、頑張ってね』

あっ……！　女神様が最後に言っていた言葉が、頭をよぎる。

『初めは人間に会いたくない』

ああああーっ！　だからか！　だから、森に転生させられたのか。

人が少ない村とか、辺境に転生させてほしいってことだったんだけど……

あの時、もっと上手く説明できてたら！

そもそも、『いきなり知らない誰かと会うのは、緊張する』なんて、考えなければ……

まさかの異世界ぼっちスタートだなんて。今の自分の状況を理解して、早々に落ち込む。

「なんでぇぇぇぇ！」

思わず両手で顔を覆うと――プニッとした、なんとも言えない感触が頬に触れる。

「え？」

両手を見ると、そこには可愛い肉球と、それを取り囲むふわふわの茶色い毛。

あれ？　手が毛だらけ……

僕は慌てて自分の体を見た。足もお腹もふわふわした毛で覆われている。

あれ、僕……もしかして全身毛むくじゃら？

なんか、想像していた猫獣人と違うんだけど……

これじゃ、二足歩行する猫じゃないか！

でも視線の高さからして、背丈は普通の猫よりも大きくて、幼児くらいありそう。

確かに、あの時『猫獣人とかいいかも！　もふもふ最高！』って思ったけど、容姿については詳しく考えてなかった。

ああああああっ！　僕ってば、間違えてばっかりじゃん。

顔はどうなっているんだろう……

ファンタジー小説によく登場する、人の姿に猫耳の獣人に憧れてたんだけどなぁ。

まぁ、いいか。毛並みふわふわだし。

とりあえずもふもふを満喫してみようと、僕は自分を抱きしめてみた。

「ふわぁぁぁぁぁぁっ！」

もふもふってこんなにも気持ちいいの？　ずっと触っていたいよ。

ぬいぐるみとは比べ物にならないや。

「ああ……幸せ」

もふもふをたっぷりと堪能したあと、改めて自分の全身がどうなっているのか確認したくなって、辺りを見回す。

流石にこんなところに鏡はないよね……

前世で読んでいたファンタジー小説では、こういう時は大体、水に自分の姿を映してたなぁ。

あれ、なんとなくだけれど、あっちのほうに水場があるような気がする。

水の匂いがする……意識したら木々や土の匂いも感じることができた。

猫だから、色んな匂いを嗅ぎ分けられるのかな？

死んじゃう前はずっと病室の中にいたから、こんなに濃い自然の匂いは嗅いだことがない！

色んな匂いも、足の裏に触れる草や土の感触も、今まで味わったことがない。

全てが新鮮で幸せ。

「よし、行ってみるか」

この直感が当たってるのかわからないけれど、僕は思いっきり走ってみた。

気持ちいい。これが『走る』……！

僕は今、走ってるんだ！　前世で憧れてやまなかったことをしてるんだ！

うぅ……嬉しいよう。体中で息をしているみたいだ。

呼吸が早くなって息苦しいはずなのに、それさえも心地いい。ああ。幸せだなぁ。

神様、さっきはちょっとがっかりしちゃって、ごめんなさい。

僕は今、最高に幸せです。

走れることが嬉しくって、無我夢中(むがむちゅう)で走っていると、目の前に青く輝く泉が現れた。

本当に水場があった！ 匂いは当たってたんだ。僕ってすごい！

泉に近付いて、恐る恐る覗き込む。

「わっ!?」

水面(みなも)に映し出された姿を見て、思わず声が出た。

だって、この姿はまるで……アメリカンショートヘアーじゃないか！

「僕……可愛い」

何も言ってないのに、僕が一番好きな猫の姿にしてくれた。

偶然かもしれないけれど、創造神様ありがとうございます。

この姿、最高に気に入りました。

前世のファンタジー小説に出てくる猫獣人の姿じゃなくていいです。

二足歩行ってのが、ちょっとシュールではあるけれど……

でもね、可愛いからいいんだ。

初めは思っていたのと違ったからどうしようかと思ったけど、これも最高だよね。

さぁ、異世界スタートだ！

キラキラと輝く水面を見ていたら、喉が渇いてきた。ゴクンッと生唾を呑み込む。

水をたくさん飲みたい！　こんな気持ちは初めて。

口の中をお水でいっぱいにしたい！

前世の時の僕は、ベッドで寝たきりで、食べ物も飲み物も、いつもゆっくり口にしていた。

量も少ししか食べられないから、毎日の食事は栄養に特化した流動食。

それが悲しいって思ったことはないけれど、思いっきりご飯を食べたり、ジュースを飲んだりするのってどんな感じなんだろうって、色々な想像をしていた。

たまにお母さんが飴を少しだけ舐めさせてくれるのが、楽しみだったなぁ。

もっと色んなものを食べたいと言って、お母さんを困らせちゃったこともあったっけ。

お母さんはそんな僕の希望をいつも叶えようとしてくれた。

「ふふふ」

前世の記憶を思い出すと、辛いこともあったけど、嬉しいこともいっぱいあった。

さて、お水を飲むぞ！

でもどうやって飲む？　コップなんてもちろんないし……

ええい！

ドブンッと顔を泉に入れて、その勢いのまま飲む。ゴクッゴクッ、と喉が鳴る。

「プハァ〜ッ！」

美味しい！　水が喉を通る感覚がたまらないや。

思いっきり飲み物を飲むと、こんな感覚なんだ。楽しい！

僕は再びドブンッと泉に顔をつけ、水を飲む。

「はぁぁ♪　幸せ」

本当は女神様からもらったスキル、《鑑定》で調べてから飲んだほうがいいんだろうけれど、早く飲みたかったから仕方ない。

そもそも《鑑定》はどうやって使うのかな？

「わっ！」

頭の中で《鑑定》って念じたら、そこら中にあるもの全てに、透明のネームプレートが浮かび上がった。

すごい……ちょっと情報量が多すぎて、これは慣れないと目が疲れそう。


【精霊の泉】

精霊の力が宿る泉。濃い魔素が満ちている。

結界が張ってあるため、見つけることが困難。泉の水を飲むと力が漲ってくる。

この泉の水はドラゴンの好物であり、この場所を見つけることができる高位のドラゴンなどが、稀に泉の近くに住処を作っていたりする。


泉の情報だ！　ふむふむ……精霊の泉？

魔素っていうのは、魔法のもとみたいなものかな。

えっ？　ドラゴンの……好物!?　住処!?

ちょっと待って、これって……僕ピンチなんじゃ？

だって、ドラゴンが近くに住処を作ってるかもしれないんだよ。

せっかくいい泉を見つけたけど、急いで逃げなくちゃ。

「ん!?　あれ……は？」

泉から離れようとした時。

森の中から小さな女の子が現れて、泉の中に入っていった。こんなところに子供!?

「なんで!?」

女の子の様子を見守っていると、泉に入ったはいいものの泳げないみたいで、ブクブクと沈んでいく。

「あっ！　沈んじゃう、助けないと！」

僕は勢いよく泉にダイブした。とっさの行動だった。

あの子のところに行くんだ！　助けるんだ！

でも……あれ？　ちょっと待って、どうやって泳ぐの？

そういえば僕、泳ぎ方なんて知らない。

「アブブッ、ゴファ……」

体が泉の中に引き込まれる。

何をやってるんだ僕は、泳げないのに飛び込むとか！
胸がっ、苦しっ……転生してすぐに死んじゃうの？
そんな嫌なことを考えた次の瞬間。僕の体がいきなり浮上した。
「ぷはぁっ！　はぁっはぁっ」
え？　……息ができる？
下を見ると……泉の水面と自分の足が見える。
……僕、浮いている？
「なんで？」
『大丈夫かい？』
頭の上から声が聞こえた。
「……え？　うわぁぁぁ」
声のするほうを見ると、大きなドラゴンが僕を前足で掴み、空に浮かんでいた。
さらにもう一つの前足で、溺（おぼ）れていた女の子を掴んでいる。
『急に大きな声を出すんじゃないよ。変わった猫獣人さね』
大きなドラゴンが僕に話しかける。
『なんで泳げないのに泉に飛び込んだのさ』
不思議とドラゴンの話している言葉がわかる。なんでかな？
って、こんなこと考えてる場合じゃない！　返事をしないと。

「そっ、それは……その子が……溺れて死んじゃうかと思って……」

僕はそう言って、ドラゴンが掴んでいる女の子を指さした。

『あははっ。面白いことを言う猫さね。我らはこんなことで死んだりしないさ。コイツはね、寝ぼけて泉に入ったのさ』

ドラゴンはそう言って、前足で掴んでいた女の子を地面に放り投げた。

「わっ！　落ちちゃっ……」

すると女の子は、瞬く間に子供のドラゴンの姿へと変身し、翼を広げパタパタと空を飛んだ。

「さっきまで人の姿をしていたのに……」

『我ら竜族(りゅうぞく)は、成人するまで見た目が安定しないのさ。意識しないと、人の姿になったり、ドラゴンの姿になったりしてしまう。この子は手のかかる私の四番目の子供さ』

そう言って、ドラゴンのお母さんは僕を地面に下ろしてから、飛んでいる子供ドラゴンに寄り添う。

見た目は大きくって怖いけど、なんとなく悪いドラゴンじゃないってわかる。

このお母さんドラゴンを見ていると、前世のお母さんを少し思い出すから。

それに僕を助けてくれて、そっと地上に下ろしてくれたし、何より子供ドラゴンや僕を見る目が優しい。

「あのう……助けてくれてありがとう」

『ふふ。この泉で会った縁(えん)さ。ここには特殊な結界が張ってあって、簡単に近寄ることはできない。

なのに、不思議な猫が聖域（せいいき）に入ってきたんだ。興味が湧くってもんさ』

大きなドラゴンが、ハハハと笑う。つられて僕も笑ってしまう。

「そういえば、なんで言葉がわかるの？」

『んん？　そりゃ、お前たちの共通言語で話してやってるからさ。我ら竜族は言葉を話さなくとも会話ができる。ただ、長く生きていたら、お前たちの言葉も覚えてしまったさね』

『ん。そう』

お母さんドラゴンの言葉に、子供ドラゴンも頷く。

『まぁ、この子はまだ共通言語を上手く話せないから、カタコトだけどね』

お母さんドラゴンが子供ドラゴンを見てニヤリと笑う。

『むっ、そんなことない』

子供ドラゴンが頬をぷぅっと膨らませる。

その姿があまりにも可愛くって顔が綻（ほころ）んでしまう。

異世界で初めて出会ったのが、この優しいドラゴンたちでよかったなと思った。

そんな時。ぎゅるるるっるるるるっ！

「うわっ！」

僕のお腹が盛大に鳴る。恥ずかしい……これがお腹が空くって感覚かぁ。

『あはは、腹が減ったのかい？　せっかくだし、飯をご馳走（ちそう）してやろう。ほら四番目、魚を取ってきな』

『ん。わかた』

お母さんドラゴンにそう言われて、子供ドラゴンは、泉の上に浮かんで、尻尾を水中に垂らす。

するとすぐに、何かが尻尾に食いついて、二十センチを優に超える大きな魚が釣れた。

『ん。釣れた』

子供ドラゴンは尻尾を振って、釣り上げた大きな魚を、僕に投げてよこす。

それを何度も繰り返し、十分もすると、目の前には魚の山ができていた。

何これ……漫画みたい。

『さぁ、食べな？』

そう言って、お母さんドラゴンが、僕の目の前に積み上げられた魚に視線を向ける。

ええと……生のまま食べるの？

生の魚には寄生虫がいるって本に書いてあった。確か、アニサキス……だっけ。

体長は二〜三センチくらいで、白色の糸のような見た目をしていて、ブラックライトで照らして見るとよくわかるらしい。

でもここは異世界だし、その寄生虫はいないかな？

転生する時、女神様に丈夫な体をお願いしたからお腹を壊すことはない……よね？

『ん。おいし』

僕の横で、子供ドラゴンが美味しそうに、生の魚を食べている。

……ゴクッ。美味しいんだ。

よし！　食べてみるか！

そう思って、ガブリッと勢いよく魚に齧り付くと……

「うん……なんか思ってたのと違うなぁ」

まずくはない。まずくはないんだよ。でも、僕にとってはこれが異世界での初めての食事。

美味しくもまずくもない魚が、初めての食事だなんて！　納得がいかないよ。

『どうだい？　美味いだろう？』

お母さんドラゴンがそう言って、にこりと笑う。

微妙……だなんて言えない。せっかくだから、美味しく魚を食べたいな。

そうだ、前世で読んだ本の知識を試してみよう！

記憶力には自信があるからね。

僕は体は弱かったけれど、頭はそこそこ優れていたと思うんだ。

一度本で読んだことや、聞いたことは忘れない絶対的な記憶力を持っていたし、辞書だって丸暗記できちゃうんだから。えっへん。

おっと、一人でドヤってる場合じゃない。

今すべきことは、目の前にある魚を美味しく食べること。

調理法の知識はある、実際に作った経験はないけれど。

ものは試しだ。やってみよう。

美味しく食べるには……調味料は必須だよね。

調味料になりそうなものは、何かないかな？
魚と相性抜群の醤油とかがあれば最高なんだけれど、ここは異世界。
そんなものあるかどうかわからない。あ、そうだ。せっかくスキルがあるんだ。
《鑑定》してみたら、近くに調味料になりそうなものが、あるかもしれない。
僕は近くの木々や草を《鑑定》で見てみる。
「あった！」

【ハーブ草】
魚や肉の臭みを取り、旨みを倍増させる。

【塩の実】
塩味が強い果実。硬い殻を割ると、中にはしょっぱい粉が詰まっている。
調味料として使われている。

ハーブに塩！　いいじゃん！
この二つを使って、魚を蒸し焼きにしよう。すごく美味しくなる予感……
急いでハーブ草を集め、塩の実がなる木に登る。
木に登ったのなんて初めてだけど、爪を利用して簡単に登れちゃう。流石、猫獣人。

取れた塩の実を割って、中に入っていた粉を魚にまぶし、その上からハーブ草で巻いていく。

『おいおい？　魚に草を巻いて何をしてるんだい？』

『ん。変』

ドラゴンの親子が、キョトンとした顔で僕を見る。

「魚をさらに美味しくしてみようと思って！」

『さらに美味しく？　そんなことができるのかい？』

『ん。今でもうまい』

「ふふ。まぁ見てて」

不思議そうに僕を見るドラゴンの親子を横目に、僕はせっせと同じ作業を進めていく。

よし、準備完了。あとは焼くだけなんだけど。

火はどうしよう……困ったぞ。何が一番早いかな。

頭をフル回転させて、本の知識を引っ張りだす。

『何を固まっているんだい？』

じっと考え込む僕を見て、お母さんドラゴンが首を傾げる。

「ええと……この魚を火で焼きたくて、でも火をどうやっておこそうかなと考えてたんだ」

『なんだそんなことかい？　火が欲しいんだね。《ドラゴンブレス》』

お母さんドラゴンの口から、大きな火の塊が飛び出し、僕の横にある大木がゴウゴウと燃えた。

すごい！　火ってこんなに熱いんだ……って感動してる場合じゃない！

「違うの！　こんな大きな火じゃなくて！　もっと小さい、これくらいの火でいいの」

僕はそう言って、手でジェスチャーする。

『なんだい。細かいねえ』

お母さんドラゴンが、面倒くさそうにため息を吐く。

う～ん。困ったぞ。どう説明したらわかりやすいのかな。

あっそうだ、火をつけてもらう場所を僕が作ればいいんだ。

「ちょっと待ってね。僕が今から場所を作るから、そこに火をつけて」

僕は大急ぎで、落ちていた枝を一箇所に集める。そして、その周りを石で囲う。

「この枝を燃やしてくれる？　石が置いてあるところからはみ出さないように、小さくだよ」

お母さんドラゴンにお願いすると……

『こんな小さな場所に火を？　私には無理さ。四番目がやってあげな』

『ん。わかた』

子供ドラゴンが口から火を吐くと、木の枝に火がついた。

よし！　あとはこの場所に、さっき下拵えした魚を置いて焼くだけだ。

数分もすると、ハーブがチリリと焼け始め、香ばしい香りが辺りに漂ってきた。

『ほう……これは。なかなか美味そうな匂いだね』

『ん。おいしそう』

二匹のドラゴンの口からヨダレが垂れている。これは大成功の予感。

「もうそろそろいいかな？」

巻いているハーブ草がいい具合に焦げ、美味しそうな魚の油が、炭になった枝の上に落ちる。

「できたー♪　はい、どうぞ」

焼けた魚をドラゴンの親子の前に並べる。お皿はないから、葉っぱで代用だ。

さぁ、僕も食べるぞ。

お箸もないから直接魚に齧り付く。

「あっ、熱つ」

ふわぁぁぁぁぁぁっ！　なんて美味しいの。

口の中が幸せだ。

魚を咀嚼するたびに、旨みとハーブのいい香りが口の中いっぱいに広がる。

味わってから、ゴクンッと飲み込んだ。

なんて幸せなんだろう。味わって食べるってこんなにも心が満たされるの？

あああっ、幸せ。

「はふっ。美味しっ」

魚を口に入れるたびに幸せだよう。

舌を軽く火傷しちゃったけれど、それもいい。

こんな熱々の料理食べたことないし……この感覚も初めてだから。

異世界に来てまだちょっとなのに、こんなにもいっぱい初めてを経験できてる。

創造神様、女神様、神様ガチャで僕を選んでくれて、ありがとうございます！

『なんて美味いんだい！　こんな美味い魚は初めて食べたよ』

『ん。おかわり』

どうやら僕の初めての料理は、ドラゴンの親子のお口にも合ったらしい。

僕がゆっくりと堪能（たんのう）している間に、二匹はペロリと全ての魚を平らげていた。

あんなにたくさんあった魚が一瞬で消えた。

なのに『おかわり』って……まだ食べるの⁉

ドラゴンの胃袋は僕の想像をはるかに超えていたみたい。

「おかわりを作ってあげたいけれど、お魚がもうないよ？」

『ふむ……ちょっとお待ち』

お母さんドラゴンは翼を広げてふわりと浮かび上がると、泉の上空まで飛んでいった。

そして翼を大きく動かすと、次の瞬間、大きな水の竜巻が起こった……と思ったら、こちらに向かって飛んでくる。

「えっ⁉　ちょっと待って⁉」

このままここにいたら……あの大きな水の竜巻に巻き込まれちゃうよっ！

慌てて逃げようとするも、体が動かない。

「あれ⁉　どうして⁉」

『だいじょぶ』

「え？」

子供ドラゴンが僕の尻尾を握りしめている。

だから、体が動かなかったのか。

「本当に？　……って、うわぁぁぁぁぁ!?」

もう目の前に大きな水の竜巻が迫ってる！

直撃すると思って諦めた時。水飛沫（みずしぶき）と一緒に、たくさんの魚が地面に転がる。

どうやら水の竜巻は、僕の目の前で消えたようだ。

まるで雨のように、水がたくさん降ってくるけれど、これは気持ちいいから大丈夫。

『ふふふ。どうだい？　これならいっぱいあるだろう？』

お母さんドラゴンがドヤ顔で僕を見る。

たくさんのお魚はすごいけど、あの水の竜巻にはびっくりしたんだからね？

ってか……こんなにいっぱいの魚を食べるの？

お母さんドラゴンは僕の何十倍も大きいから、これが当たり前なのかな。

『さぁ。たんと作っておくれ』

「う、うん、わかった。じゃあ材料集めてくるね」

『実、とる』

「本当？　ありがと」

子供ドラゴンがふわりと浮かび上がり、塩の実がなっている木に向かう。

空を飛べるのって便利でいいなぁ。

女神様に空を飛べるようにお願いしたらよかったかも。

でも猫に翼が生えるとか……ププ。想像したらちょっと可愛いかも。

そんなことを考えながら、僕はハーブ草をせっせと集めていく。

せっかく森にいるんだし、他にも調味料になりそうなものないかな？

ハーブ草を集めながら周りに生えている植物や木々を《鑑定》する。う～ん、なかなかないなぁ……

「ん？　これは使えるかも！」

調理に使えそうなアイテムを見つけたけど、ハーブ草で両手がいっぱいになっちゃったなぁ。

もう持ちきれないや。

「あっ！　そうだった。《アイテムボックス》」

女神様からもらった、他のスキルのことをすっかり忘れていた。

《アイテムボックス》と頭の中で念じたら、目の前の空間が歪(ゆが)んだ。

きっとこの場所に入れろってことだよね？

頭に思い浮かべるだけでスキルが使えるとか、異世界は便利だなぁ。

ハーブ草をドサドサと歪んだ空間に入れていく。

「うわぁ。吸い込まれていく」

どれくらい入るのかなぁ。とりあえず、いっぱい入れておこう。

「ただいま〜♪」

『ん？　草は？』

塩の実を山盛り取って、先に戻ってきていた子供ドラゴンが、僕の周りを走る。

僕が何も持っていないから、不思議なのだろう。

「ふふふ。ちゃんと取ってきたよ！　《アイテムボックス》」

取ってきたハーブ草を、亜空間から取り出す。

『ほう、レアスキル持ちとはやるねぇ』

『ぬ。すごい』

「えへへっ」

これは女神様が授けてくれた力で、僕の実力じゃないんだけれど、褒められるのは嬉しい。

さてと、頑張って作るぞー！

『てつだう』

魚に塩をまぶしていたら、人の姿になった子供ドラゴンが見よう見まねで手伝ってくれた。

「ありがとう。じゃあ塩は任せたよ」

『ん。まかせて』

なんだか不思議。ドラゴン姿の時は服を着ていないのに、今はちゃんと服を着ている。

どうなってるんだ？　もしかして鱗（うろこ）が服になってるのかな？

「さてと、できた」

『よし！』

子供ドラゴンと一緒に、大体の魚の下処理は済ませた。

『まだこの大きな魚たちが残ってるよ？』

一メートル以上はある大きな魚の山を見て、お母さんドラゴンが言う。

「それは大きいから、調理しやすく三枚におろしたいんだけど……」

『三枚におろす？　なんだいそれは？』

「ああっ。使いやすく小さくしたいんだ。でも刃物もないし」

ドラゴンさんにそんなこと言っても、意味がわからないよね。

僕も三枚におろすのはやったことがないから、刃物があったとしても、上手にできる自信がない。

『刃物？　お前が使えるような剣でいいのかい？』

お母さんドラゴンがそう言ったと思ったら、剣やナイフがドサドサと目の前にいっぱい現れた。

『ふふふ。私も《アイテムボックス》のスキルを使えるのさ。その中で使えそうなものを使いな』

「わぁ。すごい！　流石ドラゴンさんだ」

剣やナイフは、どれも見事な装飾が施されていて、見るからにとっても高そうだ。

でもなぁ、どれも僕が扱うには大きすぎるんだよなぁ……もっと小さな……

「あっ、これ丁度いい」

本で見た出刃包丁に似ている。それよりかは、ちょっと……大きい気もするけれど、他のに比べたら小さい。

でも、魚も大きいし、これくらいのサイズがいいかも。

上手く捌くことができるかわからないけれど、挑戦してみるぞ。

まずはエラの横にナイフを入れてっと……

「んしょ、んしょ。あっ！　ちょっとズレた……でもまぁ、こんなもんか」

苦戦しながらも、どうにか一匹の魚を骨と身に分けることができた。

『これが……三枚におろす？　かんたん』

「え？　簡単？」

作業している間、子供ドラゴンが僕の動きをじっと見ているなと思ったら、どうやらやり方を確認していたみたいだ。

『見てて？』

子供ドラゴンが魚を宙に投げる。

『《ドラゴンクロー》』

子供ドラゴンがそう言うと、一瞬で三枚におろされた魚が地面に落ちた。

『ん、かんぺき。どう？』

「わぁ！　僕が捌いたのよりも綺麗……骨にほとんど身がついていない。どうやってあんな一瞬で？」

『ふふ。この爪』

子供ドラゴンの手から、ニュッと鋭利な爪が伸びた。

こんなこともできるの⁉

魔法を使えたり、人の見た目でも体の一部をドラゴンのものに変化させたり、色んなことができるんだね。

僕の爪でもできないかな？　自分の手をじっと見つめる。肉球……弱そう。

『できた』

「え？」

僕が肉球を見ている間に、残っていた全ての魚が三枚におろされていた。

『ふふん』

子供ドラゴンが腰に手をあて、僕を見る。これは褒められ待ちだよね？

「すごい、すごいよ！」

気持ちを察して、僕はそう言いながら子供ドラゴンの頭を撫でる。

『ふふ。気持ちいい』

すると、子供ドラゴンがヘニャリと笑った。

「笑った！」

その笑顔はお日様みたいに眩(まぶ)しくて、可愛かった。

三枚におろされた切り身を、食べやすい大きさに、三等分に切っていく。

「よし。全て終わったかな？　今度は、さっきとはちょっと違う方法で調理してみるよ」

これで加工しやすい大きさになったし、本調理に入ろう。

『これ、どうする?』

ドラゴンの子供が切り身を指さし、興味津々といった感じで僕を見てくる。

その気持ちには、僕も同感。今からすることを考えると、僕もワクワクする。

「ふふ。あとはね、この場所に穴を掘るんだ……」

『穴?』

「うん。そう」

掘る道具はないから手で掘ってみる。僕にできるかな?

手で土を掘ってみると……想像していたよりも柔らかい。

獣人だから力持ちなのかな? だってこの土、見るからに柔らかそうに見えないし。

獣人パワーすごいや! これなら穴掘りも楽々できちゃう。

なんだか土の匂いを感じるし、ワクワクして楽しい。

『てつだう』

僕があまりにもニコニコしながら穴を掘っていたので気になったのか、子供ドラゴンがマネをして、一緒に穴を掘ってくれる。

「ありがと」

二人で掘ったから、すぐに一メートルほどの大きな穴ができた。

あとは……ジャジャ〜ン! さっき見つけた、この香木。

《アイテムボックス》から、さっき見つけたアイテムを取り出し、並べる。

【サクラ香木】

燃やすといい香りの煙（けむり）が発生し、食欲を激しく刺激して、七倍美味しく感じる。

この香木で肉や魚を燻（いぶ）すと、旨みが増して、日持ちする。


ふっふっふ。

僕はこのサクラ香木を使って、魚の燻製（くんせい）を作ってみようと思ってるんだ。

だけど燻製を作る道具がないから、代わりに穴を掘ったってわけ。

「この木を燃やしてくれる？」

『これ？　ん。わかた』

子供ドラゴンが香木に火をつけると、なんとも言えない、いい香りが漂う。

火が燃え尽き、木が炭になったのを確認する。

そして、拾ってきた細長い枝を格子状に穴の壁面に刺して……っと。

その上に魚を置いたら。落ち葉で軽く蓋（ふた）をして、あとは二時間ほど待つだけ。

二時間か……時間を計る時計はない。こんな時はあれだね。

お母さんとやっていた遊びの一つ、『時間当て』。

これはその名の通り、どれくらい時間が過ぎたのかを当てるゲームだ。

最初は十秒とか短い時間でやってたんだけど、暇な時間がたっぷりあったから、次第にエスカレートして、どんどん計る時間が長くなっていった。

この遊びのおかげで、僕は正確に一分一秒を計れるようになったんだ。最長記録は四時間。流石にその時は、お母さんも呆れてたけどね。

ふふ、まさかそれが異世界で役に立つなんてね。

『なんだい？　煙で魚が臭くならないかい？』

お母さんドラゴンが、心配そうに穴を覗き見る。

どうやらお母さんドラゴンは、煙をあまり好ましく思っていない様子。

出来上がって、ドラゴンの親子の口に燻製が合わなかったら、違うのも作ってみよう。

それと、二時間も待ちきれないだろうから、その間にハーブで巻いた焼き魚をもう一度作った。

『魚、おいし』

『うん。美味いねぇ』

「ふぅ～。いっぱい食べた。お腹が苦しい」

焼き魚を何も気にせず食べたので、僕はお腹がいっぱいになってしまった。

これが満腹かぁ。苦しいのに幸せって、不思議な感じ。

僕の知ってる苦しいは、辛いものばかり。

食べるって、本当に楽しいことなんだと改めて思う。

前世の僕は食べる喜びを知らなかったけど、だからこそ、今の幸せを、より感じられると思うんだ。皆の当たり前が、僕にはできなかったから。

僕はかわいそうなんかじゃなかった。

前世の経験があるからこそ、他の人よりもいっぱい幸せな発見があるんだから。

「ふふふ。幸せ」

お腹いっぱいだけど、燻製が出来上がるまでまだ時間もあるし、その間にまた食べられるようになるよね？

『あれ、いつ食べる？』

ドラゴンの親子と泉のほとりで寝そべって休憩していたら、子供ドラゴンが一緒に掘った穴を指さして言った。

二時間経ったし、もうそろそろいいかな。

燻す時間を間違えると、美味しくなくなるって本に書いてあった。

これくらいが理想の時間のはず。

中に並べられた魚を穴から取り出して見てみると、艶々と輝いている。

これは絶対美味しいやつ！

どれ……まずは味見だよね。パクッ……

「ん？」

あれっ？　想像していたのと違う。まずくはないけれど……酸っぱい。

これは失敗だ。だって失敗すると酸っぱくなるって、本に書いてあったから。

これもなかなか美味しいんだけど、どうせなら成功したのを食べたい。

ドラゴンの親子に失敗したものは食べさせられない。

次は時間をもう少し調節したり、水分を取ったりして、成功したものを食べてもらおう。

そう思っていたんだけれど……

『ん。おいし』

『美味いねぇ。煙をつけると魚が美味くなるのかい。面白いねぇ』

僕が伝える前に、ドラゴンの親子は美味しそうに失敗作を食べていた。

まずくはないし……美味しいんだけど、なんだか悔しい。

だって、本当はもっと美味しいはずだから。次は絶対に成功してやる！


「どうかな？」

『おおっ！　こりゃ、美味い。口の中に旨みが広がるね』

『ん。さっきのより、おいし』

よし！　成功だ。

あれから数時間。日が落ちて、辺りがすっかり暗くなった。

燻製は、燻す前に葉っぱでしっかり水分を拭き取って、時間を変えてみたら、大成功した。

この場所では、一時間弱くらい燻すのが丁度いいみたい。本に書いてある時間とは大違い。

やっぱり経験って大事なんだね。

本の知識だけではわからないこともいっぱいある。

二回も失敗しちゃったけど、成功した時の嬉しさはその分大きい。

『もっと食べる』

『美味いねぇ。もっと食べるさね』

ドラゴンの親子が、美味しそうに成功した燻製を食べている。

それを見ていると、なんだか胸が温かくなって、満たされていく。

嬉しい気持ちになって、僕も燻製を口に入れた。

「んんっ。美味し～い！」

魚の甘みがギュッと凝縮されて、口の中に旨みと、香木のいい香りが広がる。

美味しくて、とろけそう。

「幸せだぁ～」

僕が想像していた味をはるかに超えていて、すごく感動した。

次はどんなものを食べようかなって、ワクワクが止まらない。

僕、異世界に来て、食いしん坊になったみたい。

「……もう暗くなっちゃったね」

ずっと燻製を作るのに夢中だったから、あまり時間を気にしていなかった。

昼間は空に二個、太陽みたいな明るく輝く惑星（わくせい）があったんだけど、今はそれはなくて、その代わりに、月の何倍も大きい惑星が、三個輝いている。

ピンクに、青に、黄色……

「……綺麗だなぁ……あれ……？」

『ん？　おいっ、大丈夫かい！』

『猫！』

ドラゴンの親子が、慌てて僕に向かって走ってきてる。どうしたのかな？　ふふふ。変なの。

僕はそのまま、気絶するように眠りについた。

★★★

んん～！　よく寝た。

「え？　ここどこ？」

目が覚めると、僕は敷き詰められたふかふかの藁の上で寝ていた。

「あ……子供ドラゴン」

僕に寄り添うように、子供ドラゴンが寝ている。

んん？　僕の尻尾を抱き枕にしてない？　ちょっとくすぐったいから離してね。

子供ドラゴンから尻尾をするりと抜き取って、周りを見回す。

ここは……ドラゴンのお家？　洞窟……かな？

『……起きた』

「あっ、おはよう」

『んっ』

僕が立ち上がりキョロキョロしていると、子供ドラゴンが目を擦りながら、大きく欠伸をする。

あれ？　お母さんドラゴンがいないな。外にいるのかな？

そういえば、この子は四番目の子って言ってたけど、他の兄弟や姉妹はどこにいるのかな？

そんなことを考えながら、陽の光が入ってくるほうに向かって歩いていくと……

目の前には、朝日に照らされてキラキラと輝く泉があった。

「わぁ……絶景だね！」

『起きたのかい？　丁度、ご飯を狩ってきたところさ』

声がするほうを向くと、朝日に照らされ優しく微笑む人が……

「え？　お母さん!?」

『ん？』

「お母さん！　どうしてここにいるの？　僕ね、会いたいって、ずっとずっと会いたいって思ってたんだ。僕ね、水をたくさん飲んでね、それに燻製も作って食べたんだよ！　美味しくて……ふうぅっ」

泣きながら、思いっきりお母さんに抱きつく。

『おいおい？　猫よ、どうしたんだい？』

「え？　猫？」

あ……よく見ると、すっごく似てるけどお母さんじゃない。

目の色が金色だ。足元に子供ドラゴンが抱きついている。

もしかして、これはお母さんドラゴンが人になった姿？

「……お母さんドラゴン？」

『そうだよ？　急に泣きながら抱きついてきたから、ビックリしたさね』

「ごっ……ごめっ。僕のお母さんに似てて……勘違いしちゃった」

『そうかい、そうかい』

お母さんドラゴンは嫌がることなく、僕の頭を優しく撫でてくれる。

その手の感触で、またお母さんのことを思い出して……涙が溢れて止まらなかった。

そんな僕を、お母さんドラゴンはずっと優しく撫でてくれた。

お母さんドラゴンの優しい手が触れるたび、寂しかった気持ちが和（やわ）らいでいく。

前世のお母さんとお父さんに、ちゃんとお別れの挨拶ができなかったから、余計寂しく思うのかもしれない。

撫でられて安心するなんて、僕って甘えん坊の子供みたい。恥ずかしい……

「ふぅ～」

空気をいっぱい吸い込んで吐くと、なんだか落ち着く。

「ありがとう、もう大丈夫」

『そうかい？　私もふわふわな毛を撫でられて満足さ』

『ん。猫、もふもふ』

お母さんドラゴンが僕をギュッと抱きしめ、子供ドラゴンが尻尾を抱きしめている。

子供ドラゴン、尻尾好きなのかな。それに、僕の名前は猫じゃない。

「あのね、僕には大和（やまと）ひいろって名前があるんだよ？　猫じゃなくて名前で呼んでくれる？」

子供ドラゴンのほうを向き、目をしっかり見て名前を教える。

『な？　にゃまと、ヒーロ？』

「や・ま・と」

『にゃまと』

なんで『にゃ』になるの？

「ヒイロでいいよ」

『ヒイロ』

「君の名前は？」

『名前？　四番目？』

「違う違う、そうじゃなくて、自分の名前だよ！」

『……？　ない』

子供ドラゴンは不思議そうに首を傾げる。

名前がないってどういうこと!?

『我らは成人したら真名（まな）をいただくことができる。それまでは名はないんだよ』

僕が困惑していると、お母さんドラゴンが教えてくれた。

「そうなの？」

『そうさね、それに真名は我らにとって大切な名だからね。誰にでも教えるようなことはしないんだ』

なるほど。じゃあ、真名を教えてもらっても、むやみやたらに名前を呼べないってわけか。

だったら――

「あの、僕が二人に、呼びやすいあだ名をつけてもいい？」

『ほう……ヒイロがつけてくれるのかい？』

『のかい？』

ドラゴンの親子が、目を輝かせて僕を見る。どうやら嬉しいみたいだ。

うーん？　どんな名前がいいかな？

呼びやすくって、二人に似合う名前……

「ねぇ、お母さんドラゴンは『ハク』、子供ドラゴンは『ルリ』ってあだ名はどう？　二人とも瞳と同じ色の宝石から取ったんだけど」

単純だけど、お母さんドラゴンは琥珀色（こはくいろ）の瞳だから『ハク』、子供ドラゴンは瑠璃色（るりいろ）の瞳だから『ルリ』。まんまだけれど、似合うと思う。

『宝石か……いいねぇ。ハク、気に入ったよ』

『ルリ、ルリ、ルリ』

どうやら気に入ってもらえたようだ。ふふっ、よかった。

『今日から母、ハク！　ルリ、ハク、ルリ、ハク！』
『好きに呼べばいいさね』
よほど気に入ったのかルリが自分の名前とハクの名前を交互に呼んでいる。
そういえばこの二人のステータスって、見られるのかな？
そう思って、二匹に向けて《鑑定》を使う。

【ハク】
種族：エンシェント・ドラゴン　　真名：金剛竜皇（こんごうりゅうおう）
年齢：5970　　性別：女
ランク：SSS　　強さ：99986
スキル：アイテムボックス、竜の眼（りゅうのめ）
魔法：全属性
※世界に八人しか存在しない古代竜族（こだいりゅうぞく）。竜族の中では最高位にあたる種族。

何このえげつないステータスは!?　強さの数値がバグってない？
年齢五千九百七十歳!?　人化した姿は僕のお母さんと変わらないほど若いのに!?
竜族って不思議だ。
って、あれ!?　真名まで見えちゃってる。

これは……見なかったことにしよう。

ちょっと待って！　世界に八人しかいないって書いてる！

エンシェント・ドラゴンって、そんなにすごいの？　じゃあ、ルリも？


【ルリ】

種族：エンシェント・ドラゴン
年齢：105　性別：女
ランク：S　強さ：56780
スキル：竜の眼
魔法：全属性
※世界に八人しか存在しない古代竜族。竜族の中では最高位にあたる種族。

ルリもだ……

ってか、ルリって僕よりはるかに年上だったの⁉　見た目は幼女なのに。

それに、二人とも恐ろしく強い……僕、仲良くなれてよかった。

ハクとルリがすごいのはわかったんだけど、もしかして僕のステータスもすごかったりして。

だって女神様がチート能力を授けてくれたわけだし。

なんて、期待してステータスを開くと——

【ヒイロ】
種族：猫獣人（始祖）　　真名：大和ひいろ
年齢：10　性別：男
ランク：C　強さ：3560
スキル：アイテムボックス、鑑定、健康な体
魔法：全属性

ハクたちと比べると明らかに低い。ランクだってC。

これって多分普通だよね。いかに二人がすごいのか思い知る。

あっ！　魔法のところ、全属性って書いてある。僕も魔法が使えるのかな？

それは嬉しい。頑張って訓練すれば、ハクやルリみたいに火を出したり、水を出したり……できるようになるのかも。ふふふ。異世界での楽しみがまた一つ増えた。

んん？　よく見たら、スキルのところに書いてある《健康な体》って何？

僕が『絶対病気にならない健康な体が欲しい』ってお願いしたからだと思うんだけど。

これは病気にならないスキルってことかな？　それだと嬉しいな。

『ヒイロ？　何、ボーッとしてるんだい？　朝食を食べよう』

おっと、ステータスに夢中になってた。ハクの声で我に返る。

そういえば、さっきからお腹がぐるると鳴っている。朝ごはんは何かな？

ハクが用意してくれた朝食を見ると——

「え……これ？」

僕の目の前に大きな肉塊が置かれている。

「ハク？　これは？」

『ビッグボアだよ。今の時期は脂がのっていて美味いんだよ』

『ん。おいし』

そう言って二人はビッグボアの肉塊に齧り付く。

これも生のまま食べるの？　生肉をそのまま食べるのは、流石にちょっと怖いなぁ。

昨日と同じで、焼いて調理しよう。

僕は慌てて木の枝を集め、焼く場所を作る。

『ヒイロ何やってるのさ？　食べないのかい？』

朝食を食べずに枝を集めている僕を見て不思議に思ったのか、ハクが近寄ってきた。

「ふふ。見てて？　このお肉をもっと美味しくするから」

『おいしく？』

「そう」

ルリに笑いかけながら、せっせと木の枝を並べる。

こんな感じで大丈夫かな？　あとは火をつけるだけ。

「ルリ、この枝に火をつけてくれる？」

『ん。わかた』

食べやすい大きさに切った肉塊を木に刺し、それを火の周りに並べていく。

そう、僕は串焼きを作っているんだ。味付けは塩のみなんだけど。

それでも、生のまま食べるよりは美味しいはず。

数分もすると、美味しそうな香りが辺りに漂ってきた。

肉の脂が炭に落ちて、香ばしい匂いがする。もうそろそろ食べ頃だよね？

僕は並べられた串を一本取り、そのまま頬張る。

「ふわぁぁぁぁぁぁ！　うんまい！」

ジューシーな肉汁で溺れちゃいそうだよ！

昨日食べた魚も美味しかったけど、お肉も美味しい。

『『ごくっ』』

「ん？」

横を見ると、ハクとルリがヨダレを垂らし、串焼きを凝視していた。

「あははっ。ハクとルリも食べる？」

『もちろん』

『んっ！』

そう言うと、二人は慌てて串焼きを手に取り、口に入れる。

『ほう……肉の甘みが増してるねぇ』

『うんまぁ』

『ヒイロは料理の天才だねぇ。長年生きてきたけど、こんなに美味い肉は初めて食べたよ』

ハクとルリが美味しそうに肉を頬張りながら言う。

「そんなっ、塩つけて焼いただけだし……」

『塩っていうのかい？　それだけでこんなにも美味くなるなんて、知らなかったよ。ヒイロはすごいねぇ』

「そっ、そう？」

大した調理はしてないけど、褒められるのって嬉しい。

もっと美味しい料理を、二人に作ってあげたい。

他にも調味料を手に入れることができたらなぁ。近くに街や村があればいいんだけど。

「ねぇ、聞きたいんだけど、この近くに街か村はある？」

『近く？　そうだねぇ。半日ほど西に飛んで、この森を抜けた先に、猫獣人の村があるねぇ』

「え？　猫獣人の村があるの？　行ってみたい！」

『あとで行ってみるといい。この子に案内してもらいいな』

『この子、違う。ルリ！』

頬をぷくりと膨らまし、ルリが怒る。

『ああ。そうだったね、ルリ』

『そう』

ルリは満足そうに頷いた。

「猫獣人の村かぁ。それは楽しみだなぁ」

同じ猫獣人、想像するだけでワクワクしちゃう。

『でもね、ヒイロ。獣人の村に行くんだ。流石に全裸ってのはまずいねぇ』

「……え？」

『うん。恥ずかしい』

「……全裸？」

『『うん』』

ハクとルリが大きく頷く。

「えええええええええええっ!?」

ちょっと待って、僕って全裸だったの？

確かにふわふわな毛は生えているけど、何も纏(まと)っていない。

猫の姿だから、全裸って自覚が全くなかった。

僕……全裸でウロウロする子って思われてたの!?

「いやあああああああああっ」

『ドンマイ』

ルリがそう言って、ポンッと僕の肩に手を置く。

それが余計に恥ずかしさを増大させて、頭が沸騰しそう。顔が熱い……

はぁ、異世界転生、いいことばかりじゃなかったね。

創造神様、せめて服を着せて転生させてください。

『そうさね。ちょっと待ってな』

恥ずかしくてうずくまっていたら、ハクが僕の頭にポンと手を置いたあと、洞窟に入っていった。

ルリは恥ずかしがっている僕を、さっきからニマニマしながら見ている。

なんだか……裸って気付いちゃったら、羞恥心がやばい。

だけどさ、二人だってドラゴン姿の時は何も着てないじゃん。

あ……もしかして見えないだけで実は着ているとか？

やっぱり鱗が服の役割をしているのかな？　だから人化した時に服を着ているの？

むむむ。

『あった、あった。二番目のおさがりだけど、これを着たらいいよ』


【竜の鱗で作られた服】

市場には出回らないレア防具。

攻撃力の低い攻撃は一切効かない。耐久性に優れている。


鱗で作られた服？　やっぱり鱗が服になってるんだ。

しかもこの服、攻撃力が低い攻撃は効かないとか……流石、竜の鱗。

『さ、これならサイズも丁度いいだろう。着てみな』

「僕が着ちゃっていいの？　そういえば、他の子供たちはどこにいるの？」

『いいんだよ。服なんてのは、鱗からいくらでも作り出せるんだからね。ルリ以外の子供たちは、皆独り立ちして、それぞれ別の場所で暮らしているよ』

「そうなんだ。ハク、素敵な服をありがとう」

袖を通してみると柔らかくって、元が鱗だなんて思えない。

見た目はオーバーオールみたいだけど、極上のシルクのような着心地だ。

「ふふふ。ハク、僕すっごく気に入ったよ」

『そうかい？　そりゃ、よかったよ』

『ヒイロ似合ってる。でも尻尾出てない。さびしい』

「え？」

ルリが僕のお尻を見る。

そういえば、ルリは僕の尻尾が好きなんだった。

確かに尻尾が右足のズボンのほうに一緒に入ってて、ちょっとだけ変な感じ。

『う～ん、そうさね。ヒイロ仕様に変更しようか』

ハクが指をパチンッと鳴らすと、お尻のところに穴が開いて、尻尾がモフッと出てきた。

『ん。いい』

「わっ、ルリ。尻尾を握らないで！」

『さわり心地、いい』

「もうっ！」

ルリから自分の尻尾を奪い返す。

寂しそうに尻尾を見てるけど、くすぐったいからダメ。

『あははっ、仕方ないさね。ルリは初めて獣人を見たからね、尻尾が珍しいんだよ』

「そうなの？」

『ああ。我ら竜族は滅多に人間や獣人がいるところにはいかない。竜族の国にいるか、人気（ひとけ）のない場所に寝床を作って生活しているからね。ちなみにこの深淵（しんえん）の森（もり）は、どこの領地にも属していないさね。魔物たちが強すぎて、誰も入ってこれないのさ。だから、我らの住処にちょうどいいさね』

竜族の国！　なんだかカッコいい。

いつか行ってみたいなぁ。でも人間や獣人がいるところには行かないって言っていたから、僕が行っても、受け入れてもらえないかも。

「竜族は他の種族とあんまり交流をしないんだね」

『そうさね。二番目は変わり者だから、人のフリをして人族と共に暮らしているね』

変わり者。二番目の子に、ちょっと会ってみたいって思っちゃった。

『よし、ヒイロ行く』

「え？」

ルリがドラゴンの姿に変身した。

『背中、乗って』

「え？　空を飛んでいくの？」

『ん。そう』

てっきり、森を歩いていくのかと思ってた。

『歩いたら、何日もかかる』

「そんなに遠いの⁉」

『そりゃそうさね。この森を抜け、さらに一時間ほど飛んだところに、猫獣人の村がある。さらにその先には、獣人国の王都があるんだよ』

「ふわぁぁぁぁぁ」

獣人国の王都！

色んな獣人がいるんだろうなぁ。

なんだか一気にファンタジーな感じになってきたぞ。

王都にもそのうち行ってみたいなぁ。

第二章　猫獣人の村に行こう！

「うわぁぁぁぁぁぁぁぁっ」

『ヒイロ、もっと、ギュッてして！』

「うんっ」

ルリの首に回した手に力を入れる。

猫獣人の村に行くため、今ルリの背中に乗って移動しているんだけど、僕が想像していたより、何十倍も速かった。

こんな高さから見下ろすのも、目が開けられないくらい強い風を受けるのも、初めてだ。

恐怖で手に上手く力が入らない。

『ヒイロ、だいじょぶ？』

「んっ。だ、大丈夫！」

ルリが心配そうに言う。まだ怖いけれど、少しだけ速さに慣れてきた。

『……ちょと、ゆっくり』

ルリがやれやれといった感じでため息を吐くと、速度が少しだけゆっくりになった。

『どう？』

「うん。これなら余裕」
『ふふ。よし』
気を遣わせちゃった。でもそのおかげで、空の景色を楽しむ余裕ができた。
ありがとうね、ルリ。
ルリの背中から見える景色はどこまでも緑一色。この森ってこんなに広かったんだ。
ハクが言っていたように、あの泉まで、普通の人は入ってこれないだろうな。
「ルリ？　疲れてない？　僕、重くない？」
『ん？　よゆう』
僕を乗せて、もう二時間も飛んでいる。それなのに余裕って、流石Sランクだね。
『ん、ちょとお腹すいた』
「じゃあ休憩がてら、ご飯タイムにしよう」
『ん♪』
地面に降り、《アイテムボックス》から、さっき作った串焼きを取り出して、ルリに渡す。
驚くことに、作ってから時間が経っているはずなのに、ホカホカと湯気が立っていた。
もしかして、《アイテムボックス》の中は、時間が経過しないのかな？
『ふふ。これ気に入った』
ルリは足をパタパタさせながら、幸せそうに串焼きを頬張る。
こんなに美味しそうに食べてくれるなら、別の種類の料理も作ってあげたいなぁ。

レシピの知識だけは、豊富にあるからね。

せめて砂糖と醤油があれば……みりんなんかもあれば、日本食の幅が広がるなぁ。

この世界に日本の調味料がありますように。

まずは猫獣人の村に、何かいい食材や調味料があればいいんだけど。

「美味しいね」

僕も、パクっと串焼きに齧り付く。

味付けは塩だけなのにこんなに美味しいって、異世界のお肉が特別なのかな？

それとも、僕がこれまでお肉を食べたことがなかったから、美味しく感じるだけ？

ま、どっちでもいいか。美味しいことには変わりはないし。

『よし、行く。あとちょと』

「うん」


それから一時間ほど飛んだところで景色が変わった。

森が途切れ、その先には平地が広がり、奥に村らしきものが見える。

「おおっ！　あとちょっとで着くね」

『ん。森を出たら歩く。ドラゴン目立つ』

「了解！」

そりゃ、そうだ。滅多(めった)に出会えないドラゴンが、村を突然訪れたらパニックになりそう。

平地になったところで、ルリと二人で村に向かって歩く。

途中から整備された街道があったので、そこを歩いていると……何か黒い塊が目に入る。

あれは何かな……子供が倒れてる⁉

「人が倒れてる！　助けないと」

『ん』

慌てて走っていくと、黒い猫耳がついた獣人の子供が、傷だらけで横たわっていた。

あれ、この子も猫獣人なのかな？

ケモ耳と尻尾がついてるだけで、見た目はほとんど人間と変わらない。

これは、僕が女神様にお願いした時になりたかった姿だ。

てっきり、この世界の猫獣人は皆僕みたいな見た目だと思っていたけど、違うの？

「ねぇ君、大丈夫？」

声をかけてみたものの、どうやって助けたらいいの？

『ヒイロ、まかせて』

そう言ってルリが傷に触れると、その部分が光り輝いた。

……傷が消失した⁉

「ふぁぁぁぁぁぁぁぁぁ⁉」

驚いて、思わず声が出た。うっ……嘘でしょ⁉

こんなに綺麗に傷が治るの⁉

「ルリ、すごい！　すごいよ！」

『これくらい、よゆう』

ルリがえっへんと僕を見るので、頭をよしよしと撫でた。

『ふふ。これ好き』

ルリがもっと撫でてと、僕の手に頭を擦り寄せてくる。いくらでも撫でるよ！

小さな妹が甘えてるみたい。

まぁ、実際はルリのほうが僕の何倍も年上なんだけど。

ルリが傷を全て癒すと……黒い耳がピクっと動く。

獣人の子の目が開いて、不思議そうに周りを見ている。

「あれ？　僕……？　君たちが……助けてくれたの？」

「そうだよ」

僕が答えると、獣人の子の目から涙がポロポロと流れ落ちた。

「僕なんて……死んでもよかったのに」

え？　なんでそんなこと言うの？

死んでもいい命なんて、ないんだよ？

「あの……助けていただいたのに、変なことを言ってしまってすみません」

少し時間が経って落ち着いたのか、猫獣人さんは僕たちに頭を下げながら謝った。

だけど、僕は……

さっきこの子が言った言葉が、頭から離れない。

『死んでもよかった』って……なんでそんなことを思うの？

どうして生きることを諦めるの？

僕は痛い思いをしても、生に縋り付いていたのに。

そんなことばかり考えていたら、猫獣人さんの様子がちょっぴり変だ。

涙は引っ込み、今度はわたわたと慌てている。

自分の体のあちこちに触れ、目を見開き、声を上げている。

急にどうしたのかな？

「ええええええ？　何これ!?　体中の傷が全て完治している!?　こんなことありえないっ！」

なるほど。傷が綺麗に治ってることに驚いてるんだ。その気持ちはわかる。

さっき僕も同じようにビックリしたから。

『あたりまえ、ルリが魔法で治した。よゆう』

「いやっ……魔法でここまで治すなんて……こんなことできるのは大賢者様か、伝説の秘薬・エリクサーを飲むとかじゃないと……」

『だいけんじゃ、エリクサー、違う。ルリの魔法。ルリならよゆう』

否定され悔しいのか、ルリがプクッと頬を膨らませる。

「だって、子供がこんな魔法使えるなんて、聞いたことない。それにその角も、見たことないよ」

あっ、そうか。姿を変えても、角は引っ込まないんだ。

せっかくドラゴンから人の見た目になったのに、早速ピンチになってしまった。

ルリは世界に八人しかいないエンシェント・ドラゴン。

バレると猫獣人の村がパニックになりそう。

「ルリ！　普通は皆ルリみたいな魔法は使えないんだよ。だから、これは秘密にしたほうがいいかも。騒ぎになっちゃうよ！」

ルリの耳元でこっそり話しかける。

『むう……』

少し納得がいかないのか、ルリの頬は膨らんだままだ。

「ルリがすごい魔法で治したのは、僕がわかってるからね。二人の秘密」

そう言うと、ルリの頬の膨らみが消えた。

『二人の秘密……いい。わかた、秘密』

ルリは僕のほうを見て、ニコッと笑う。

よかった。納得してくれたみたい。

「本当に、君が治してくれたの？」

「い、いや、この子じゃないよ。よく、わからないけれど、僕たちが見つけた時には、怪我(けが)はなかったよ」

大分苦しい言い訳だけど、そういうことにしておこう。

ルリも納得しているみたいで、何も言わない。

「そ……そう」

猫獣人さんが、戸惑いながら返事をする。

それより、なんであんなことを言ったのか聞かなくちゃ！

「ねぇ、君は死にたかったの？」

「そうだよ。この気持ち悪い見た目のせいで、呪いの忌み子って言われてるんだ」

「どこが？　黒い毛並みも、赤い瞳も宝石のルビーみたいで綺麗だけど……」

「なっ、何を言って……!?　僕が綺麗なわけない……」

頬を染め、恥ずかしそうに下を向く猫獣人さん。

僕は本当に綺麗だと思うんだけれど。

忌み子って言葉は、いい意味じゃないのはなんとなくわかる。

どうして見た目だけで、この子がそんな風に言われないといけないの？

「君、多分猫獣人だよね？　それなら……僕の境遇や気持ちがわかるだろう？」

わかるって……そんな悲しそうな目で言わないでよ。

僕が首を横に振ると、猫獣人さんは両手を上げ、やれやれというような仕草をした。

「それで君たちは、この猫獣人の村に用があるの？」

「そうなんだ。この村で調味料を買おうと思って」

僕は猫獣人さんにここまで来た目的を話す。

「なるほどね。だったら王都に行かないと、欲しいものは手に入らないかもね。村にはそんなに種類がないから」

「そうなの⁉」

「そうだよ。田舎（いなか）の村に、貴重な調味料なんてそうそう売ってないよ……それに」

猫獣人さんは言葉に詰まると、僕の姿を上から下まで、舐（な）めるようにジロジロと見た。

急にどうしたの？

「その……いくら尊敬してるからって、始祖様を真似した見た目はどうかと思うよ？　それは、着ぐるみか何か？　それに、小さな子供くらいの身長なのに、すごくしっかりしてるし、なんだか君は変わってるね」

「え？　真似？」

「そうだよ。王都で流行っているのかもしれないけど、田舎の村にそんな見た目で行ったら、パニックになるよ」

始祖様って一体何？

そういえば、ステータス画面を見た時にも、そんなことが書いてあったような……

『まねしてない。ヒイロはずっとこのまま』

「え？」

ルリ⁉　お願いだから、空気を読んで⁉

「そんなわけないでしょ？　早くその着ぐるみを脱がないと……村の人に見つかっちゃう」

猫獣人さんが僕の手首を引っ張る。そして、体のあちこちを触ってきた。

「ちょっ⁉　いきなり何するの？」

「はえっ⁉　脱がせられない……これって本物⁉」

『だから言った』

ルリが呆れたように言う。

「あっ、あわわっ⁉　ほほほっ、本当に⁉　あなた様は、しししっ、始祖様ですか⁉」

そう言って、僕の前でジャンピング土下座を華麗に決める、猫獣人さん。

何を言ってるの？『始祖様』って何？

『ああ、そっか。今、いない』

「え？　いない？」

『ん。ヒイロみたいな姿の猫獣人、もういない』

「あ……」

ルリは始祖様がなんなのか知っているみたいだ。

前世では、始祖って言葉は、その種の始まりとか、創始者とかの意味で使われていた。

なんとなく、始祖ってすごいイメージがある。

猫獣人さんと、ルリの言っていたことからして、もしかしてこの世界では、僕みたいな猫獣人はもう絶滅していて、神様みたいな存在……とか？

サービスで、女神様が猫獣人の中では一番すごい存在にしてくれた……とかじゃないよね？

ありがたいけど、この世に僕一人しかいないんじゃ、色々と困るよう。

「あのう？　黒猫さん。普通にしてほしいんだけど……」

「いやっ……ですが、始祖様に対して、失礼な態度を取ったばかりか、僕はあなた様の大事な毛を引っ張って……本当にすみません。それに、やっぱりこの体は始祖様が治してくださったんですよね……それなのに、ちゃんと感謝もせずに、すみません、すみません！」

猫獣人さんはそう言って、地面に頭を擦り付けている。なんだかこっちが悪いことをしている気持ちになっちゃう。

「大丈夫、気にしてないから。それに猫獣人の村についても教えてほしいし。ね？　お願いだから普通にして」

「……わかりました」

猫獣人さんは、やっと地面から頭を離し、立ち上がってくれた。

ホッ……やっと普通に話せる。

「あの、質問なんだけれど、猫獣人の村では、始祖の姿だとそんなに目立つの？」

「それはもちろん！　皆始祖様に憧れていますし、信仰しています。特にその美しい毛並みと柄は、村にある銅像の始祖様のお姿にそっくりです」

え……銅像。そんなのがあるの？

しかも僕に似てる⁉

「村の皆は、毎日始祖様の銅像にお祈りをしています」

「そうなの⁉」

ちょっと待って！　それなら、僕はこの姿のまま村に行ったら……あわわ。

絶対にヤバいことになるって、簡単に想像できるよ。

それに僕は始祖らしいけど、これといって特別なことは何もできないし。

もしかしたら、僕が気付いてないだけで、力を発揮できるようになるのかもしれないけれど、とにかく今は無理だ。

「はぁっ～、困ったぞ……」

「始祖様、どうされたのですか？」

ため息を吐き、心の声が漏れる。僕を心配そうにじっと見つめる猫獣人さん。

「いやね、村に行きたかったんだけど、始祖ってバレないようにするにはどうしたらいいかなって思って」

「始祖様だとバレたくない？」

「うん、そうなんだ。目立つのは避けたい」

僕がそう言うと、猫獣人さんは顎に手を当て、少し沈黙したあと、目を開く。

「では、隠すものを取ってきます。その間は林の中に隠れて、待っていていただけますか？　この街道では、いつ村の者に出くわすかわかりませんので」

「ほんと？　ありがとう」

ルリと一緒に、街道から外れた場所にある、大きな木の裏に身を潜める。

三十分ほどすると、息を切らしながら、猫獣人さんが走ってきた。

僕のためにずっと走っていたのかも。ごめんね、ありがとう。

「はっ、はぁ……お待たせしました」

「僕のために走ってくれて、ありがとう」

「大丈夫ですから、気にしないでください。それよりも、これを着たら始祖様だと気付かれないかと……」

猫獣人さんが持っていたバッグの中には、大きなローブと仮面が入っていた。

「これは、僕が村や王都をウロウロする時に、身につけているものです。醜い姿は隠したほうがいいので……」

猫獣人さんはそう言って、下を向いてしまった。

僕は綺麗だと思うのに……

かける言葉が見つからず、僕は黙ってローブと仮面を受け取る。

『プププ。変』

「ええ？　ルリ、そんなこと言わないでよ」

ローブを羽織り、仮面をつけたら、ルリに笑われた。そんなに変かな？

謎の魔法使いみたいで、僕はカッコいいと思うんだけど……

よし。これで猫獣人の村に行けるぞ！

「えっと、じゃあ僕が案内しますね」

猫獣人さんが先導して、村まで連れていってくれるらしい。

そういえば、名前はなんていうのかな？

「案内ありがとう。ところで、君の名前はなんていうの？」

「え？　僕の名前なんて聞いてどうするんですか？」

「どうって……君のこと呼ぶ時に、名前を知らないと困るでしょ？」

「名前……呼んでくれるんですか？」

「もちろん」

どうしたのかな？　なんだか照れくさそうだ。

もしかして名前を呼ばれるのが、恥ずかしいのかな？

『黒猫。尻尾ふりふり』

「わっ!?　急に尻尾に触らないでください！」

『黒猫。尻尾ふりふり。うれしそう』

「わぁぁぁぁぁっ！　そんなこと言わないでください。恥ずかしいでしょ！」

ルリと猫獣人さんが、わちゃわちゃと楽しそうに遊んでいる。

むむむ。なんだかちょっと寂しいぞ。僕も仲間に入れて？

ルリから逃れた猫獣人さんが僕の前に立ち、じっと目を見つめてきた。

「あの、始祖様。僕の名前は、ルビィって言います」

「ルビィ！　君にピッタリの名前だね。宝石のルビーと君の瞳は同じ色だし、どっちもキラキラして綺麗だもんね」

「僕の目が綺麗？　宝石？」

ルビィが泣きそうな目で僕を見る。

宝石と一緒と言われるのは嫌だったのか、下を向き黙り込んでしまった。

「ルビィ？　宝石って言われるの嫌だった？」

『ルビィ、顔真っ赤』

ルリがルビィの顔を覗き込んで、ニヤニヤしている。

「もうっ！　見ないでください！」

ルビィは尻尾を激しく振りながら、両手で顔を覆う。

「僕たちも自己紹介しないとね。僕はヒイロ。よろしくね」

『よろしく、ルビィ。ルリ』

ルリが得意げに名乗る。その様子が可愛い。

「ふぅぅっ……よっ、すんっ……ぐすっ、よろしくお願いします」

僕たちがそう言うと、ルビィは顔を手で覆ったまま、頭を下げた。

泣いてる？　でも尻尾は揺れているから、嬉しいんだよね？

ルビィは村に向かう途中で、自分のことを教えてくれた。

「僕は生まれた時から家族……っていっても、おじいさんしかいないんですけど、家族以外から名前を呼んでもらったことがないんです」

「どうして？　こんなにも素敵な名前があるのに」

「まだ僕が小さかった頃、両親は忌み子が生まれたと言って、僕を捨てました。それを助け、育ててくれたのがおじいさんです」

……そんな、両親に捨てられた⁉　ルビィの過去があまりに悲しくて言葉が出ない。

「この名前も、僕の瞳は宝石のように綺麗だからって、おじいさんがつけてくれました。だから、さっきおじいさんと同じことを言われて、嬉しかったんです」

ルビィはニコリと笑うけど、僕は複雑な感情が心の中に渦巻き、上手く笑い返せなかった。

見た目を理由に、自分の子供を捨てる親がいるなんて。

想像するだけで、悲しくて泣きそう。

僕は体が不自由だったけど、優しい両親がいっぱい愛情を与えて育ててくれた。

でも……それが当たり前じゃない子もいる。

「だけど……優しかったおじいさんも三か月前に亡くなって、それから村の人たちからの嫌がらせや暴力が始まったんです。さっきヒイロ様に助けてもらってなかったら、僕は死んでいました」

あのひどい傷は、同じ猫獣人から受けたの⁉

ひどいよ！　同じ種族の仲間じゃないか。

「どうしてそんなことするの⁉」

「どうして……ですか？　それは僕が不吉をもたらす忌み子だからです」

僕の質問に、少し寂しそうな顔をして答えるルビィ。

「その見た目のどこが悪いっていうのさ！」

「僕の見た目は、魔族と同じなんです。赤い目と黒い髪は魔族の象徴なんですよ」

「魔族？」

ルビィの言葉に驚く。この世界には、魔族もいるの⁉

「昔、猫獣人は魔族に滅ぼされかけました。それを救ってくれたのが始祖様です。かつて、猫の見た目の猫獣人たちが、まだこの世界に存在していた頃、そのうちの一人が魔族を倒し、英雄となりました。だから僕たち猫獣人は、毎日始祖様にお礼をしています。英雄となり、始祖様と呼ばれるようになった猫獣人に、ヒイロ様は柄や顔立ちが本当にそっくりなんですよ」

ちょっと待って。情報過多なんだけど。

とりあえず、この世界には魔族がいて、その魔族に勝ったのが猫獣人の始祖様。

ルビィから聞く始祖様のお話は、まるでファンタジー小説の勇者とか英雄みたいだ。

うん。目立つ理由がわかったよ。勇者じゃ仕方ない。

とりあえず、絶対にこの姿、バレないようにしなきゃ！

今の僕は、その始祖様のように、魔族と戦うなんて無理だもの。

「村に着いたら、僕は離れますね。一緒だとヒイロさんたちまで変な目で見られちゃうし」

「なんで？　僕はルビィに、猫獣人の村を案内してもらいたい」

「そんな……でも」

「いいの！　そうだっ、僕たち友達になろう」

そう言うと、ルリが僕とルビィの間に入って、頬をプクッと膨らませる。

『む？　ルリは？』

「ルリはすでに友達！」

『ふふ。そう♪』

僕が言うと、ルリは嬉しそうに、クルクルとその場で回る。

「僕なんかと……友達に？」

「うん、よろしくね。友達だから敬語も禁止。名前もヒイロって呼んでね？」

僕はルビィの前に右手を差し出す。

「あ……ふぅぅっ」

ルビィは震えながら、僕の手をゆっくりと握り返してくれた。

『ルリも』

ルリがニカっと笑い、僕たちの手の上に、自分の手を重ねた。

「僕……っ、嬉しい。ふぅぅっ」

ルビィはそう言って、ポロポロと大粒の涙を流した。

『ルビィ、泣き虫』

ルリはそう言いながら、ルビィの頭を撫でた。ルリは優しいなぁ。

「ねぇ、本当に僕と一緒に村に入るの？」

「そうだよ！　もう村は目の前だよ？　ルビィが案内してくれないと、僕たち何もわからないよ」

「う……うん」

こんな感じでルビィが一分おきに聞いてくるから、そのたびに、安心できるような言葉をかける。

見かねたルリが、『大丈夫』と言って、ルビィの尻尾を握り、一緒に歩いて村に向かう。

ふふ。口数は少ないけれど、ルリは本当に優しくていい子だなぁ。

尻尾に執着がありすぎるのは、ちょっと困るけどね。

「おお。これが猫獣人の村の入り口」

『楽しみ』

僕とルリは、レンガで作られた丸いアーチ状の門を見上げる。

ここを通れば、猫獣人の村。ワクワクしてきたぞぉ。

村の中に足を踏み入れると、村の猫獣人たちが蜘蛛（くも）の子を散らすように、ルビィから離れていく。

突き刺さるような視線が、いたるところから飛んでくる。

こんな視線を浴びるのは、生まれて初めてだから少し怖い。

ルビィは毎日、こんな目で見られているの？

「ヒイロ、ごめんね。僕いつもはローブと仮面で見た目を隠しているんだけれど、今はそのまんまの姿だから、余計に皆が見てるんだ」

「それは僕がルビィの服を借りてしまったから。僕こそごめんね」

『ごめん。もういい』

僕たちが謝り合っていると、ルリが間に入り、首を横に振った。

「「あははっ。そうだね」」

僕とルビィは、顔を見合わせ笑う。

「それでヒイロはどこに行きたいの？」

ルビィの質問に考え込む。

どこ？　う―ん、どうしようかなぁ？

さっき調味料はないかもってルビィが言ってたし……あ、そうだ！

お鍋とかフライパンがあったら、料理するのに便利だよね！

「えぇとね。まずは道具屋さんに行きたい。調理器具を見たいんだ」

「道具屋さんだね。わかった、ついてきて」

ルビィに案内されながら、村をキョロキョロと見て回る。

う～ん、前世の日本と比べたら、かなり文明が遅れているなぁ。

ここが村だからかな？　中世のヨーロッパみたいなイメージだ。

建物はレンガや木で建てられていて、カラフルな屋根が可愛い。

なんだか異国に来たみたい。まぁ、異国どころか異世界なんだけどね。

「ここは、ジェラール商会が経営しているお店だよ。なんでも売ってるんだ」

ルビィが扉を開くと、カランッとベルの音が鳴る。すると、奥から猫獣人が出てきた。

「いらっしゃ～い。って、忌み子か。はぁ……なんの用？」

客がルビィだとわかると、店員さんの態度が急変した。

接客をする人にあるまじき態度だと思うんだけど……

「その態度はないんじゃないのかな？」

「はぁ……客が入ってきたかと思ったら忌み子だし、連れてる仲間も怪しいしさ。ニコニコする必要がないじゃないか」

そう言って、店員さんは大きなため息を吐いた。

忌み子ってだけで、こんな風に言われるの？　僕たち何もしてないよ？

『こいつ、きらい。燃やす？』

ルリが静かに怒っている。

燃やすって……《ドラゴンブレス》を吐く気じゃ？

僕もムカついたけど、それはダメだからね？

「《ドラゴンブレス》はダメだよ」

『むぅ』

ルリの耳元でこっそり話す。

「僕のせいでごめんね」

ルビィが申し訳なさそうに、僕を見る。何も悪いことしてないのに。

「ルビィは何も悪くないよ」

調理器具は欲しかったけれど、こんなところで買いたくない。

「商売の邪魔さ、とっとと出ていきな」

そう言って、店員さんは右手を前に出し、シッシッと払う仕草をする。

「言われなくても……」

出ていこうとした時、ベルの音と共に扉がガチャリと開いて、虎獣人が入ってきた。

「あれ、ジークさん？」

虎獣人さんと知り合いなのか、ルビィが話しかける。

「あ、あなたは！　こ、こんにちは！　ゆ、ゆっくりしていってくださいね」

なんだかカッコいい制服を着ているし、店員さんの態度が急変したから、もしかしてこの虎獣人さんは偉い人!?

この二人はどんな関係なんだろう？

そんなことを考えながら、虎獣人さんを見てみたら、なぜかぶるぶる震えていた。

ルビィも心配そうに虎獣人さんを見つめている。彼は一体どうしたんだろう？

★　★　★

ヒイロたちがジェラール商会の店に着いた頃。

猫獣人の村を視察している虎獣人がいた。

この虎獣人は月に一回、視察として、猫獣人の村を訪れている。

彼は王立騎士団長で、名前をジークという。

この日もいつものように村を見て回っていると、ジェラール商会の店の中に、見覚えのある猫獣人がいるのが見えた。

「ったく。またか」

猫獣人がまたルビィを虐めてるんだろうと思い、ジークは、慌てて店の中に入る。

(あれ？　そういえば今日はルビィのやつ、仮面もローブもつけないで外出しているのか。珍しい……)

そう思いながら店に入ったジークは、ルビィの服を着たヒイロと、その横の少女に気付いた。

「あれ、ジークさん？」

「あ、あなたは！　こ、こんにちは！　ゆ、ゆっくりしていってくださいね」

ジークに気が付いて、ルビィと店員が声をかける。

(なぁあああああああああ⁉　やべぇ、やべぇよ。ルビィのやつ、なんでこんなとんでもないバケモンたちと一緒にいるんだ⁉　何者だアイツら⁉)

ジークは《魔眼》というスキルを持っており、その人物が纏っている覇気から、強さを測ることができる。ヒイロとルリが持つ特別な覇気を見て、ジークの足は勝手に震えてしまい、立っているのがやっとだった。

(ルビィの仮面をつけているやつ、アイツは何者なんだ⁉　なんだかわかんねぇが、とにかく怖ぇ)

ジークがそんなことを思っているとは露知らず、ルビィは不安げに、震えているジークを見つめる。ヒイロとルリは、どうしたのかと首を傾げている。

「あっ、あのルビィ……この人は？」

妙な空気の中、先に声を出したのはヒイロだ。

「ええっとね、おじいさんのお友達のジークさん」

「このすっごく強そうな虎獣人さんが友達？　ルビィのおじいさんってすごいんだねぇ」

「いやいや……私なんて、あなたたちに比べたら、その辺の雑草ですよ」

ヒイロに強そうと言われ、ジークは冷や汗を垂らしながら微笑んだ。

「ジークさん、なんの冗談ですか？　獣人国で一番の強さを誇るあなたが雑草だったら、こいつらは道端の……ヘブアッ⁉」

「お前はちょっと黙ってろ！」

言葉を遮り、ジークは店員の頬に、張り手をかます。

（バカ店員め……この方たちを怒らせたらどうするんだ！　今すぐ消滅させられるぞ⁉　それどころか村が滅びるぞ）

「ジッ、ジークさん⁉　どうしたの？　なんか様子がおかしいよ？　いつもならそんなことしないでしょ？」

ルビィが慌ててジークのところに駆け寄る。

「ん、気にするな。それよりこの方たちとは、どういう関係なのかな？」

「え？　ええと……お友達なんだ」

ルビィは、様子のおかしいジークに違和感を覚えるが、少し照れくさそうに答えた。

「ふはぁぁぁぁぁぁ!?　ととっ、友達!?」

（一体何があって、この恐ろしいバケモンみたいな方たちと、友達になったってんだ？）

ジークは滝のように冷や汗を流している。

「え……あのジークさん!?」

さっきから様子のおかしいジークに対して、ルビィはどう対応したらいいのかわからない。

『変な虎獣人』

「こらっ、そんなこと言っちゃダメ」

そんな二人の様子を、ルリとヒイロは不思議そうに見ていた。

「あっ、いやっ、その、そう！　変な虫が目に入って、痛くてちょっと焦っちゃったんだよ……ハハハ」

「そっ……そうだったの。いつもと様子が違うからびっくりしちゃった」

「俺としたことが、すまねぇな」

ジークはルビィの頭をクシャリと撫で、ゴクリと唾を飲み込んだあと、真剣な顔でヒイロたちのほうを見る。

「……あの、ここではちょっとあれなんで、この村にある騎士団の寄宿舎で少し話をしませんか」

「え？　僕たちと？」

『む？』

ヒイロとルリが首を傾げる。

なぜわざわざ場所を変えて話をする必要があるのか、もしかして何か変なことがバレたんじゃないのかと、ヒイロは少しだけ心配になるのだった。

★　★　★

「ふわぁ。大きい」

虎獣人のジークさんについていった先にあったのは、猫獣人の村の中では一番豪華な建物だ。

「この建物が獣人国の王立騎士団の寄宿舎です。無駄に豪華なのがお恥ずかしいですが……」

ジークさんが頭をぽりぽりと掻きながら、建物を見上げる。

見た目はイカついのに、ジークさんはさっきから僕とルリに対してやたらと丁寧だ。

ジェラール商会の店の、店員さんに対する態度とは大違い。

お店を出る時に、ジークさんが「お前はあとで説教だからな！」と店員さんに怒っていて……こんなこと思っちゃいけないんだけれど、スッキリしちゃった。

「騎士団が使っていない時も、村の人に活用してもらおうと思って、寄宿舎は教会や孤児院も兼ねてるんですよ」

そうジークさんが教えてくれる。

「そうなんだ！　そのおかげで、孤児たちも綺麗な建物に住めるんだ。全てジークさんが考えてくれたんだよ」

なぜかルビィが得意げに話す。

その話しぶりから、ルビィがジークさんのことが大好きなのが伝わってくる。

ジークさんに案内してもらいながら、建物の中の一角にある個室に入る。

すると、そこには驚きの景色が……

三十畳以上ある広さの個室。ジークさん、こんな広い部屋で一人で寝てるの？

寂しくないのかな？　なんて、ついつい考えてしまう。

「そこのソファーに座ってください。お茶を出しますね」

「やったー♪　僕、ジークさんのお茶、大好き」

ルビィの尻尾がご機嫌に揺れている。そんなに美味しいのかな？

ちょっと楽しみ。

「お待たせしました。はい、どうぞ」

出されたお茶を飲むと……

うえぇ……砂糖の塊を飲んでるみたい。歯の奥が痛くなりそうなくらいに甘い。

『ん。おいし』

「ね～♪　美味しいよね」

ルリとルビィはソファーに座りながら、嬉しそうに足をパタパタと動かす。

二人にはとっても美味しいみたい。僕は、ちょっと舐めるだけでいいかな……

「ジークさんはね、貴重な砂糖がいっぱい入ったお茶を、いつも飲ませてくれるんだ」

『ほう。ジークいいやつ』

お茶の効果か、ルリの中でジークさんの株が急上昇している。

ルビィは砂糖を貴重だと言った。

さっきも村では調味料は手に入りづらいって言ってたし、この世界では、砂糖などの調味料は高価なアイテムなのかも。

「まずは、私とルビィの関係から説明させてください」

ジークさんは自分のお茶を片手に持ち、僕と対面のソファーに座った。

なんだ、よかった。

僕やルリのことを、根掘り葉掘り聞かれるとばかり思っていたから、少し拍子抜け。

確かにルビィからは、おじいさんの友達としか聞いてないもんね。

説明してくれるのはありがたい。

「私は猫獣人の村に月に一回視察に来てるんです。これは、ルビィの祖父であるヨミさんから頼まれて始めたことでしてね」

「頼まれて?」

少し気になったので、質問してみる。

「ええ。この村ではヨミさん以外誰も、ルビィと話をしません。だから『視察ついでに、ルビィの話し相手になってくれんか』と頼まれた時は二つ返事でオーケーしました」

ジークさんは少し照れくさそうに、鼻の頭を指で掻いている。

「ですが今は、ルビィに会うのが私の楽しみになっています」

その言葉を聞いて、ルビィは嬉しそうに笑う。

ルリは、ふりふり揺れるルビィの尻尾を掴まえようとして、遊んでいる。

「私とヨミさんは師弟関係にありました。私の剣術は全てヨミさん仕込みなんですよ」

「師弟ってことは、ルビィのおじいさんは剣術が上手だったの⁉」

「はい。王国一の腕前です」

そんなイメージなかったから、驚いて思わず立ち上がってしまう。

「それに、ヨミさんは元王立騎士団長ですからね」

「え？　騎士団長⁉　ルビィのおじいさんってすごい人なんだね」

「ふふふ。そうなんだ。おじいさんが村で一番強かったから、意地悪は言われるけれど、手を出されることはなかった。おじいさんが生きてる間はね」

「あ……」

ルビィと初めて会った時のことを思い出す。

「え？　師匠が死んでから何が？」

僕たちのぎこちない様子を感じ取ったジークさんが、食い気味に聞いてきた。

ルビィは俯(うつむ)いてしまい、答えづらそうだったので、僕が代わりに答える。

「僕たちは今日初めて会ったんだけど、その時、ルビィは怪我をして死にかけていたんだ」

「えっ⁉」

僕の言葉に、目をまん丸にして驚くジークさん。

「まさか……師匠が亡くなってから、暴力を受けているのか？」

ジークさんの質問に、ルビィは黙って頷いた。

「猫獣人どもめ。師匠が亡くなったあとに、『ルビィに手を出したら許さないからな』と釘を刺しといたのに！」

ジークさんは悔しげにテーブルを叩く。

「……ルビィ、ごめんな。俺としたことが、月に一度この村に来ているのに……気付けなかった。まさかそんなことになっていたなんて……」

そう言って、ジークさんは申し訳なさそうに頭を下げた。

「僕は大丈夫だから、頭を上げて！」

ルビィが必死にジークさんをなぐさめる。

ジークさん、僕やルリと話す時は、自分のことを『私』って言うのに、ルビィと話す時は『俺』なんだよね。

どうしてそんなに気を遣われてるのかな。

僕は背が低いから子供だって思うだろうし、ルリだって見た目は六歳くらいの幼女にしか見えないのに。変なの。

だけど、その謎はすぐに解けた。

「では、本題に入らせていただきます。こんなことを質問していいのか不安ですが、あなた方お二人は、一体何者なんですか？　尋常（じんじょう）じゃない覇気（オーラ）を感じます。正直いって、まだ体の震えが止まりません」

ジークさんをよく見ると、汗が滝のように流れ、お茶を持つ手が震え、カップがカタカタと揺れている。

「え？」

『ほう。ジーク、見る目ある』

……あなた方？　ちょっと待って？　ルリだけじゃなくて僕もなの!?

そうか！　ヤバいやつって思われてたから、敬語だったんだ。

ええと……困ったぞ。僕のどこまでバレちゃってるのかな？

ルリのほうが格段にヤバい気はするけれど。

「あのう……ジークさんは《鑑定》で僕のステータスを見たんですか？」

「いや、《鑑定》では自分より上の者のステータスは見られないですから。《魔眼》で大まかな強さがわかるだけで……細かいステータスは見えないですね」

……え!?　《鑑定》では……自分より強い人のステータスは見えないの!?

だって、ハクもルリも僕よりはるかに強いのに、ステータス見えたよ。

どうしてかな？　もしかして、僕の《鑑定》はチート級なの!?

このことも、あまり他の人に言わないほうがいいよね。

ジークさんには、どこまで話したらいいのかな。

いい人なのはルビィとの関係を見たらわかるし、震えながらも僕に質問してくれたわけだし、誠意をもって答えたい。そして、僕とルリは怖くないって、わかってもらわないと。

よし……

「あのっ……驚かないでくださいね」

「え？」

僕は、ルビィに借りていたローブと仮面を脱いだ。

「えっ⁉　んん⁉」

ジークさんが目を見開き、固まっている。

「ししししし、始祖様⁉」

「一応その……そうらしいんだけど、僕は何もできないんだ。こんな姿だけど、普通の猫獣人だと思ってくれたら……あのう……ジークさん？」

僕が話しても、ジークさんは固まったまま動かない。

ルビィが見かねて、ジークさんの肩を揺らす。

「へぁ⁉　あっ……すっ、すみません！　あまりの衝撃で、一瞬気を失っていたようです」

そう言って、ジークさんは恥ずかしそうに頭をぽりぽりと掻く。

「そして、こっちのルリは竜族です。でも僕たちは何もしないし、怖くないので普通に接してください。その……話し方もルビィと同じで敬語はやめてください……」

ジークさんは僕とルリを交互に見たあと、顎に手を当て、再び黙り込んでしまう。

今度は気を失ってないよね？

長い沈黙のあと、ジークさんはお茶をすごい勢いで飲み干し、やっと口を開いた。

「あのですね、至尊の存在であられる始祖様は伝説なのです。普通の猫獣人とは見た目が異なり、世界を救うほどの力を手にしていたと言われています。普通に接してくれと言われても、私には無理な話です」

ええと……ジークさん。両目から涙が流れていますが……どういう感情なのかな？

「獣人たちは皆、始祖様に感謝しています。魔族から我らを救ってくれたのですから……」

ん？　ちょっと待って!?　我ら？

「あの、始祖様が救ったのって、猫獣人の村だけじゃ……!?」

僕は慌てて、ジークさんに尋ねる。

その言い方だと、獣人全員と魔族が対立してたみたいに聞こえる。

「いいえ、魔族は獣人国を滅ぼすつもりだったのです」

それじゃあもう、始祖様って獣人全員にとって、勇者どころか神様みたいなものだよね。

なんだか僕……色々とまずくない!?

「獣人国の王都には、中央の広場に大きな始祖様の銅像がありますし、王族は始祖様の末裔(まつえい)なので、ずっと猫獣人です」

王族も始祖様に関係してるの⁉　なんだか頭が痛くなってきた。

「だから、こんな田舎の村にも、王立騎士団の寄宿舎があるんですよ。他の獣人と比べれば、猫獣人は特別ですからね」

これは……絶対に始祖って他の人にはバレちゃダメなやつだ。

頭の中で、これはまずいぞって、警報が鳴っている。

僕は、異世界では辛い思いをせずに、のんびり自由に暮らしたいのに。

「それに……ルリ様は本当に普通の竜族なのですか？　竜族の者が知り合いにいますが、その者と比べると、纏っている覇気(オーラ)が尋常じゃない」

竜族だ……よ？　エンシェント・ドラゴンっていう、ちょっと特別な種族みたいだけど……

もちろん、それは言えない。

「ええと……普通の竜族だと思います……」

異世界楽しいって思っていたけれど……僕、この先大丈夫……だよね？

話をしながらも、未だにジークさんは涙を流したままだし。

「すみません。まさか始祖様にお会いできるなんて思ってなかったので、感動のあまり涙が止まりません。目から汗が出ているだけだと思って、どうか気にしないでください」

汗って……そんなこと言われても気になるよ。

『ププッ。目から汗。んなわけない。プププ』

ルリはツボにハマったのか、ケタケタと楽しそうに笑っている。

もう、焦ってるの僕だけじゃん。

ルリだってバレたらヤバい存在なんだからね？　わかってる？

しかし、かつての始祖様がそんなにもすごい存在だったなんて。

自分のこと、二足歩行する普通の猫だと思っていた。

「ふう。やっと少し震えが止まってきました」

そう言って立ち上がると、ジークさんはお茶のおかわりを淹れに行った。

『ジーク、ルリもおかわり』

ルリがついていき、おねだりしている。

ふふ。ルリは甘いものが好きなんだね。

しばらくして、ジークさんとルリが戻ってきて、席に着いた。

「それで、そのような姿をしているということは、始祖様は正体をバラしたくないんですよね？」

新たに淹れたお茶を飲みながら、ジークさんが尋ねる。

流石、ジークさん！　察しがいい。

「そう！　そうなんです。始祖だってバレると、のんびり暮らせなくなってしまうので……」

「確かにそうですね。始祖様だとバレたら、王城で暮らすことになるでしょうし……」

『む？　ヒイロはルリと暮らす。ダメ』

ルリが頬を膨らませ、僕の尻尾をギュッと抱きしめる。

ルリ……僕と暮らしたいって思ってくれてたの？

どうしよう、すっごく嬉しい。

『ふふ。ヒイロ、変な顔』

どうやら嬉しくてニヤニヤしちゃってたみたい。ルリに言われて気が付いた。

恥ずかしい……

両手で顔を隠したら、プニッとした肉球の感触が頬に当たる。

……ふわぁぁぁっ。

おっと、また変な顔しちゃってた。

気持ちを落ち着かせようと、お茶を飲んだら、今度は甘さにびっくりして、また変な顔をしちゃって、ルリに笑われてしまった。

ぐぬぬ。なんだか、思っている以上に焦っているみたいだ。

「それで始祖様は、なんのためにこの村に訪れたのですか？」

「調味料や調理器具が欲しくて……」

ジークさんの質問に答える。

「そうなんだ。なのにジェラール商会の店の店員が、僕のせいで何も売ってくれなくて！」

ルビィが泣きそうな顔して、ジークさんに訴える。

「ルビィのせいじゃないよ」

「……ったく、アイツは。あとでちゃんとシメときますから」

僕がルビィをなぐさめ、ジークさんはファイティングポーズを取る。

「調味料は貴重でなかなか手に入らないのですが、私の私物でよければ、宿舎に置いているものがありますので、差し上げますよ」

そう言って、ジークさんはさっきお茶を淹れに行った場所に入っていく。

多分あそこがキッチンなんだろうな。

しばらくして、たくさんの瓶を抱えて、ジークさんが戻ってくる。

「この液体が砂糖で、こっちが塩で、これが胡椒(こしょう)です」

一つ一つの中身を教えながら、ジークさんはテーブルに瓶を並べていく。

砂糖は液体なんだ。塩はグレーで僕が森で見つけたものとは少し違うみたい。

胡椒は僕が知っているものより粒が大きい。まぁ、前世と同じってわけではないよね。

これがあれば、料理の幅が広がる。

色んなご飯を作ってあげたら、ハクとルリ、絶対に喜ぶよね。

だけど……

「あの……でも調味料って貴重なんですよね？　タダではもらえません」

「いえいえ、至尊の存在でおられる始祖様に献上できるなんて幸せの極みです」

そう言って、うっとりと目を閉じるジークさん。

僕は同じ見た目ってだけで、獣人国を救った始祖様じゃないんだよ。

タダほど怖いものはないって、前世で読んだ本にも書いてあったし……

あっ！　そうだ。

《アイテムボックス》に塩の実と、あとで食べようと思って残していた魚の燻製が入ってたはず。

「じゃあ、僕の持っているものと交換でどうですか？　僕は砂糖と胡椒が欲しいです」

「交換？」

塩の実と燻製を取り出し、テーブルに置く。

燻製はちゃんと葉っぱに巻いて保管してたから、そのまま置いても大丈夫。

「こっ、これは塩の実じゃないですか⁉　魔素が多くて、強い魔物がいる場所にしか自生しない木になる、とっても貴重な実なんですよ！　この実から取れる塩は最高級食材で、実一つで金貨十枚の価値があります！」

「ええ⁉　そうなの⁉」

もしかしてあの森、強い魔物しかいなかったのかな？

ハクとかルリが側にいてくれたからか、強い魔物には出くわさなかったけど……

「いきなりポンと塩の実を《アイテムボックス》から出すなんて、流石始祖様です！　この葉っぱに巻かれたものはなんでしょう？」

ジークさんが、不思議そうに燻製を指さす。

「これは魚の燻製です」

「……くんせいですか？」

ジークさんが不思議そうな顔をしている。頭の上にクエスチョンマークが浮かんで見えそうだ。

燻製はこの世界にはないのかな？

「このサクラ香木を使って燻すんです。すると、旨みが増して美味しくなります」

そう言いながら、サクラ香木も取り出して、テーブルに並べる。

「まぁ、説明するより、食べたほうが早いので味見してみてください」

『ん。めちゃうまい』

ルリが横でゴクンッと生唾（なまつば）を飲み込む。味を思い出して、食べたくなったのかな？

「ルリも食べる？」

『ん！　食べる♪』

新たに燻製を取り出して渡すと、ルリはそれをすぐに口に入れ、美味しそうに食べる。

その姿を見たジークさんとルビィの口から、ヨダレがポタリと落ちる。

「私もいただきます！　ルビィ半分こしよう」

「わぁい！　いただきます！」

「!!」

口に入れた瞬間。二人は顔を見合わせ、うんうんと頷く。

そのあとは、とろけるような顔で、燻製を味わっていた。

「ふぉぉぉぉっ、美味い！　口の中で旨みが溢れますね」

「うんうん」

二人は夢中になって食べている。

自分が作ったものを美味しそうに食べてくれるのは嬉しい。

《アイテムボックス》から取り出した燻製は、一瞬でなくなってしまった。

食べ終えたジークさんが体を震わせている。どうしたのかな？

「始祖様！　そのくんせいとやらが作れるサクラ香木を、どうか私に譲ってくれませんか!?　レシピも合わせて、金貨百枚でどうでしょう？」

「え……!?　金貨百枚？」

この世界の貨幣価値がわからないんだけれど、金貨一枚は約一万円くらいかなぁ？

だとしたら……金貨百枚だから……拾った木が百万円!?

★
★
★

燻製を皆で食べてから一時間後。

僕たちは、王立騎士団の寄宿舎から移動し、またジェラール商会の店に来ていた。

「なっ……ジークさん、もう勘弁してください」

「ダメだ。お前が悪い！　ヒイロ様に無礼を働いたんだからな！　この変態猫がっ」

ちょっと！　ジークさん、その言い方なんか語弊があるよ。

僕は何もされてないからね？

なぜ、こんな風に、お店で大騒ぎすることになっちゃったのか。それにはわけがあるんだ。

僕は買い取ってもらう分のサクラ香木を、またあとで持ってくる約束をして、ひとまず砂糖と胡椒の対価として、持っていた塩の実とサクラ香木をジークさんに渡したんだけど……

「これでは対価になりません。価値が違いすぎる」と受け取ってくれなかったんだ。

でも僕だって、タダで砂糖と胡椒をもらうわけにはいかないから困っていたら、ルリが『ヒイロ、調理器具ほしいって、言ってた』と呟いた。

そしたら、「それなら欲しい調理器具を、全て私に買わせてください！」ってジークさんが言い出して、このお店に来たというわけだ。

しかし、そのジークさんは今、さっきの店員さんをこれでもかというほど、懲らしめている。

流石にもういいんじゃないのかな？

意地悪な店員さんだけど、見ていてかわいそうになってきた。

「あのう。ジークさん……もういいんじゃ」

「いやっ、こいつにはキッチリとわからせてやらないとダメなんです！」

そうは言うけれど、もう十分反省してそうだし、どうやって終わらせれば……

そうだ！

「あのっ、僕……早く調理器具を選びたいです……」

「あっ！　わっ、私としたことが！　失礼しました。そうですよね！　おいっ。調理器具をあるだけ持ってこい」

ジークさんはへたっていた店員さんを立たせ、そう言った。

店員さんは、転げるように店の奥に入っていったかと思うと、慌ててカウンターに色んな調理器具を並べていく。

並べられた調理器具を見て、僕はもう大興奮。

「うわぁ！　大きな鍋（なべ）がある。これがあればスープが作れるね。あっ、フライパンやお皿も欲しいし……これも。あっ、これも欲しい！」

欲しいものがいっぱい。迷っていたら、ジークさんがニコニコ笑顔で、全て買ってくれた。

「これでも、まだ対価としては安いから、もっと選んでください」

もう大満足なんだけどな。その時、ふと店内にある白い粉が目に入る。

――ん？　これってもしかして……《鑑定》！

【小麦粉】

小麦をすり潰し細かく砕いた粉。色んな料理に使える。

小麦粉だぁ！　小麦粉は異世界でも普通に小麦から取れるんだね。

「あのっ……僕、小麦粉、この粉がいっぱい欲しいです！」

そう言って小麦粉が入っている袋を指さす。

「こんな粉が必要なんですか？」

ジークさんが不思議そうに小麦粉を見ている。

あれ？　この言い方は……この世界じゃ小麦粉って、あまり需要（じゅよう）がないのかな？

でもね、僕からしたらこれは魔法の粉！　色んな料理を生み出せるんだから！

とはいっても……作ったことないから、成功するかはわからない。

レシピだけは脳内にいっぱいあるけど……

これと砂糖で、甘いのが好きなルリに、ケーキとかパンケーキとか、いっぱいおやつを作ってあげたいなぁ。ふふふ。

そんなことを考えていたら、ジークさんが「この粉を、あるだけ全て出すんだ！」と店員さんをオラオラ脅していた。

……ジークさん。王立騎士団長なんだよね？　まるで盗賊みたいだよ？


「じゃあ、私は仕事が残っていますので、失礼します。ルビィ、またな」

買い物が終わり、ジークさんはルビィの頭をクシャリと撫でたあと、僕とルリに深々とお辞儀をして去っていった。

ジークさんは一週間後に、再び村に来るんだって。

ふふふ。その日までに、サクラ香木を集めておかないと。

それにもっと手軽に燻製が作れるように、特製の入れ物を作ってもらう約束もした。

図を描いて説明したんだけれど、ジークさんは終始不思議そうに聞いていた。

一週間後が楽しみだな。

『ヒイロ。変な顔。ププ』

「わっ！　ルリ!?」

出来上がった燻製器を想像して、一人でニマニマしていたら、ルリが僕の顔を覗き込んでいた。

「もう！　恥ずかしいから覗き込まないで」

『ププ』

ルリから逃げていたら、ルビィが何か言いたそうに、僕らを見ているのに気付く。

「ルビィ？　どうしたの」

「あっ……あのっ。もしよかったら……僕のお家に遊びに来ないかなって思って……もう外は暗いし」

「え？　いいの？」

ルビィの言う通り、もう日が落ちて外は真っ暗だ。

ハクが心配するかもしれないけれど、こんな時間に帰るのは危険だよね。今日はルビィのお家に泊めてもらおうかな？　ルリはどうかと思って、チラッと見ると『ん』と言って、頷いていた。どうやら僕と同じ気持ちのようだ。

「もちろん！　誰もいないから気兼ねなく過ごしていいよ。おじいさんと暮らしていた家に、今は一人で住んでるんだ」

ルビィは少し悲しげに言う。

そうか……唯一の身内だったおじいさんが亡くなったばかりだもん。

家に一人でいるのは寂しいよね。

「ぜひ、お邪魔させて！」

『ん！』

「わぁ！　お家にジークさん以外の人が遊びに来るの、初めてなんだ。嬉しいよう」

ルビィはぴょんぴょんとその場で跳ねる。

そんなに喜んでくれるなんて、僕まで嬉しくなって、飛び跳ねたくなっちゃう。

『ププ。ぴょんぴょん♪』

「ルリまで！」

三人で気の済むまで飛び跳ねたら、ルビィのお家に向かって出発だ。

おっと、村の人たちにバレないように、移動する時は仮面とローブをつけないと。

寄宿舎を出て村を歩くと、やっぱり突き刺さるような嫌な視線を感じるけど、僕はもう気にならなくなっていた。だって、ルビィが楽しそうに笑っているから。

「じゃあ。僕についてきて」

ルビィがそう言って、僕とルリを見る。

少し歩くと、だんだん家が少なくなってきた。

あれ？　住宅街を通り過ぎたよ？　まだ先に行くの？

この先は道路も舗装されてなくて、ただの土。そして草がぼうぼうに生えている。

魔導具なのか、点々とランプのようなものが置いてあるから、辛うじて先は見える。

僕が不思議そうにキョロキョロしながら歩いてたら、ルビィが振り返り、僕を見た。

「僕はね、皆と同じ場所に住めないから、おじいさんが村の外れに家を建ててくれたんだ」

そうか……忌み子だからか。

確かに魔族は悪いことをしたのかもしれない。

でも、ルビィは色が同じってだけで、魔族じゃない。

そんなことで差別するなんて、悲しいよ。

「ヒイロ……大丈夫？　泣きそうな顔してるよ？」

「あっ……これは」

しまった。感情が顔に出てた。ルビィに心配かけちゃった。

「ふふ、ヒイロは優しいね。僕のことを思って悲しんでくれているんでしょ？　でも、そんな顔しないで。僕はね、初めて友達ができたんだ。だから今、最っ高に幸せなんだよ」

ルビィは目を細め、クシャリと笑った。

『ん。ルビィ、友達』

ルリがルビィと僕の手を握って、ぶんぶんと楽しそうに振る。

「あははっ。何やってんのルリ？」

『ん？　楽しくなる、仲良しのおまじない』

「そっか。楽しいよ。ふふふ」

ルリと顔を見合わせて笑う。

僕たちは、そのまま手を繋いで、ルビィの家に向かった。

なんだか胸がぽかぽかして、お母さんに抱きしめられた時みたいに、幸せだなと思った。

ルビィの家に近付くと、家の周りに猫獣人が集まっていた。

「ちょ!?　何して……！」

ルビィが慌てて家に走っていく。

「よう、忌み子。お前生きてたのか？　てっきり死んだと思ってたからよ、こんな家いらねーと思って壊してやってるんだよ」

「そうそう。ありがたく思え」

ガタイのいい猫獣人と、見るからに下っ端の猫獣人が言う。

そして、数人の猫獣人が、棒を振り回し、ルビィの家を壊している。

棒で叩かれた壁や扉には穴が開いている。

なんてひどいことを……

「やめて！　もうやめてよ、お兄ちゃん！　ここはおじいさんと僕の大切な思い出の場所なんだ！」

そう言って、ルビィが家を壊していた猫獣人に掴みかかる。

今お兄ちゃんって言った？　もしかして家族なの？

でも、そうだとしたら、どうしてこんなことができるの？

「気安く触るな！」

そう言って、茶色の猫獣人がルビィを蹴り飛ばした。

「なっ……何してるんだ！」

僕は慌ててルビィに駆け寄る。

「なんだ、連れてるやつも忌み子か？　お前と同じ仮面つけてるもんなぁ？　ならこいつもいらねーよなぁ？」

倒れているルビィの前に立った僕を、茶色の猫獣人が殴ろうとしたその時——

『……ゆるさ……ない！』

ルリから恐ろしい殺気が放たれた。

ほとんどの猫獣人は震えて立っていられず、尻餅をつく。

どうにか立っているのは、ルビィがお兄ちゃんと呼んでいた茶色の猫獣人と、黒と白の縞模様の猫獣人だけ。

だけど、いつ膝から崩れ落ちてもおかしくないくらいに、足がブルブルと震えている。

『お前ら、きらい』

ルリが見たこともない顔をして怒っている。

殺気は止まることを知らず、どんどん溢れ出し、それに圧倒されて、とうとう失神する猫獣人まで現れた。これはまずい。ルビィまで殺気にあてられて、震えている。

「ルリ落ち着いて？」

『ゆるさない』

僕の言葉には耳も貸さず、ルリが茶色の猫獣人に向かって歩き出す。

「ヒィぃぃぃぃぃぃッ！　おおっ、おい！　これ以上近付くと、こいつを刺すぞ！」

茶色の猫獣人が背後から僕のことを羽交い締めにし、首にナイフを突き付けた。

「お兄ちゃん！　やめてっ」

「うるせぇっ！　忌み子は黙ってろ」

ルリの殺気に圧倒されながらも、ルビィが必死に僕を助けようとしてくれる。

自分だって、気を失わないように精いっぱいのはずなのに。

「ルビィ、僕は大丈夫だから。心配しないで」

「はぁぁ？　ナイフで刺されたら死ぬぜ？　……っておい！　これ以上近付いたら本当に刺すからな⁉」

『ふ。刺す前に、お前殺す』

ルリにそう言われて、茶色の猫獣人のナイフを持つ手が震える。

「ひあぁぁぁぁぁぁぁぁ！」

ルリの言葉でパニックになったのか、猫獣人が僕の首めがけて大きくナイフを振りかぶって、そのまま突き刺し――

『「え？」』

ルリと茶色の猫獣人が素っ頓狂な声を上げる。

あれ？　首を刺されたと思ったんだけど……

何も痛くない。もしかして刺されてない？

「あっ、あわわっ⁉」

茶色の猫獣人は、今度はいきなり僕を放り投げた。なんだってんだ。

『プププ。おもらし』

ルリが茶色の猫獣人の股間を指さして笑う。

茶色の猫獣人は股間を濡らし、真っ青な顔で僕を見て、震えていた。

なんでルリじゃなくって僕？

「ババババッ、バケモノ！」

茶色の猫獣人はそう言って、足をガクガクさせながら、仲間を置いて逃げていった。

気絶した仲間を置いて自分だけ逃げるとか最低だ。

それに、僕に向かってバケモノってひどくない？

『ん』

ルリが何かを地面から拾って、僕に手渡す。

これは……さっきのナイフ？

「え？　どうなってるの？」

鋭く尖っていたナイフの刃先が、ぐにゃりとへし曲がっていた。

紙で作られているのかと思うほどに、刃先はグチャグチャだ。

「なんでこうなったの？」

『ヒイロ、刺したから』

「あはは。もうっ、そんなわけないじゃん」

あっ……そうか。もしかして、今着ているオーバーオールのおかげかな？
この服を着てたら、弱い攻撃は効かないんだもんね。
「もらった服のおかげで助かったよ～」
僕がそう言うと、ルリが首を傾げる。
『ん？　関係ない。刺されたとこ、服着てない』
「え？」
『え？』
ルリは何を言ってるの？
服の効果じゃなかったら、なんで僕は刺されたのになんともないの？
おかしいじゃん。
「ええと、ルリ。それってどういうこと？」
『ん？　わからん』
ええ？　ルリにもわからないんじゃ、なんで僕が助かったのか謎のままだよ。
だって普通なら刺されたら、痛い、苦しいってなるわけだし……ん？
もしかして……これって、スキル《健康な体》のおかげじゃ？
もう病気で痛くて苦しい思いをしたくなくて、女神様にお願いしたんだけれど……
怪我もしないってこと⁉　だとしたら、僕無敵じゃん！
もう一回試して、本当にそうなのか確認したいけど、間違ってたら怖いし……

うん！　次に怪我しなかったら、正解ってことにしよう。

わざわざ怖い思いしたくないもん。

「ルリ、さっき助かったのは、僕のスキルが発動したからかも？」

『かも？　わからん』

僕はルリに報告しながら首を傾げる。すると、同じようにルリも首を傾げる。

「まぁ、何かわかったら、また報告するね」

『ん』

さてと、僕のスキルのことは後回しにして、この気絶している猫獣人たちをどうしようか？

全部で一、二……七人か。

あっ……縞模様の猫獣人は、腰を抜かしているようだけど、まだ意識がある。

真っ青な顔して震えてるけど。

『こいつら、どうする？』

そう言って、ルリが猫獣人たちをギロッと睨む。

すると、縞模様の猫獣人がビクッと体を震わせた。

「そうだなぁ。とりあえず起きてほしいし、壊した場所をちゃんと直してもらわないとね」

『ん。じゃ、起こす』

「え？」

次の瞬間、ルリからまた殺気が放たれた。さっきよりは少し優しめだ。

「「「「「んん～!?」」」」」

さっきまで失神していたのに、次々に目覚める猫獣人たち。

僕たちを見ると、尻尾が下がり、ブルブルと震えている。

『しゅうり！』

ルリが起きた猫獣人たちに向かって叫ぶ。

でも言葉が足りないから、猫獣人たちは理解できずに震えているだけだ。

ここは僕がちゃんと説明しないと。

「あのね、壊したところを、ちゃんと元通りに修理してくれる？　この家はルビィにとって、大切な宝物なんだ」

あれ？　ちゃんと説明したのになんの反応もない。

それを見たルリが、またキッと彼らを睨みつける。

『早くしろ！　やらないと、ミナゴロシ！』

「「「「「はいぃぃぃぃぃ！」」」」」

猫獣人たちは青ざめながら、震える足でどうにか立ち上がると、散り散りにどこかに走り去っていった。

あれ？　これって逃げられてる？

「もしかして逃げられた？」

僕はオロオロしながらルリを見る。

『戻ってこなければ、おしおき』

ルリが目を細め、任せろと言わんばかりに、僕を見てニヤリと笑う。

なんだか、その笑顔怖いよう。

「あの……ヒイロ、ルリ、こんなことに巻き込んでごめんね」

ルビィが耳をペタンと下げて、申し訳なさそうに僕たちを見る。

「ルビィ。気にしてないよ。それより大切なお家を壊されちゃって悲しいよね。絶対に修理させるから！」

僕は鼻息荒く、胸をドンッと叩く。実際の音はポフだったけども。

「ふふ……ヒイロは優しいね。僕はその気持ちだけで幸せだよ。穴がいっぱい開いているけれど、よかったら中に入って」

玄関の前に立ち、どうぞっとルビィが右手を前に差し出し、エスコートしてくれる。

その時、ルビィの目からまた涙がポロポロと流れているのが見えたけれど、今度は悲しい涙じゃないような気がして、そのことには、触れなかった。

「口に合わないかもしれないけれど……これは、おじいさんが大好きだったお茶なんだ」

家の中に入り、リビングの椅子(いす)に座ると、少し照れくさそうに、ルビィが僕たちの前に温かいお茶を出してくれた。

色は緑色だ。しかもこの香りは……！

「ふわぁ……」

『あつッ……』

僕とルリはそっとお茶を口に含む。やっぱり……これって緑茶だ。

前世でお母さんがお茶を飲んで、『ホッとするわぁ』とよく言っていたのを思い出すなぁ。

ふふふ。ホッとする。今ならお母さんの気持ちがわかる気がする。

「口に合わなかった？」

お茶をじっくり味わっていたせいで、感想を言えてなかったからか、ルビィが不安げに僕たちを見ている。

「えっ、ううん。その逆！　とっても大好きな味。胸が温かくなってホッとするね」

「ほんと？　よかったぁ。僕もこれを飲むと安心して、嫌な気持ちが薄れるんだ」

ルビィはお日様みたいな顔して笑った。

その顔を見ていると、このお茶にどれだけ大切な思い出が詰まっているのかがわかる。

「これはね、特殊なハーブを乾燥させて作るんだよ。おじいさんと一緒に見つけた群生地があるんだ。今度ヒイロにも教えるね」

お茶を褒められて嬉しかったのか、ルビィが饒舌（じょうぜつ）に話す。

そのたびにルビィの尻尾が揺れ、ルリが掴もうとして遊んでいる。

……ったく、ルリのやつ。

「あの～、すみません……」

楽しく話していると、壁の穴から縞模様の猫獣人がひょこっと顔を出してきた。

「え？」

猫獣人たちが戻ってきた！

よかったぁ。あのまま逃げられたら、どうしようかと思ってたんだ。

だって、ルリのお仕置きはすごく怖そうだから。

外を見ると、ルビィがお兄ちゃんと呼んでいた茶色の猫獣人以外、全員戻っていた。

それぞれ手に色んな道具を持っている。

そうか、家を直すための道具を取りに行ってたんだ。

「ちゃんと家を直すので、どうか、どうか皆殺しだけは勘弁してください！」

「「「「「お願いします！」」」」」

そう言って、全員が頭を下げる。

『よし。ゆるす』

腕を組み、少し偉そうにルリが返事をする。

その言葉を聞き、目を輝かせる猫獣人たち。全く調子がいいなぁ。

『でも、元通りと違うと、おしおき。寝ずにしゅうり、朝までに直すこと』

「「「「「ヒィぃぃぃぃぃ」」」」」

猫獣人たちはルリの言葉を聞き、慌てて家の修理に取りかかる。

もう必死だね。そりゃ怖いよね。本当にルリの力って恐ろしい。

だって、威嚇(いかく)しただけであれだし、本気で怒ったら、国を滅ぼしそう……ヒィ。

勝手に想像して怖くなっちゃった。

『ププ。ヒイロ、変な顔』

「もう！　また顔を覗き込んでっ」

僕が一人で百面相(ひゃくめんそう)していたのを見て、ルリが楽しそうに笑う。

それが恥ずかしくって、顔を両手で隠す。すると……またプニッと肉球の感触が。

「ふわぁぁぁぁぁぁっ」

しまった。また変な声出ちゃった。

『ププ。ヒイロ、面白い』

「ちがっ……これはっ」

そんな僕たちの姿を見て、ルビィは声を出して笑っていた。

「あははっ。笑いすぎて、くっ、苦しっ……」

★　★　★

「気持ち悪い！　ルビィ、お前のせいで私たちの家がなんて言われてるか知ってるかい？　悪魔の住む家だよ」

そう叫び、バシンっと僕の頬を叩くお母さん。

懐かしい。小さい頃の記憶だ――

さっきまでヒイロとルリと一緒に僕の家で寝ていたはずなのに……なんでお母さんがいるの？

これは、夢なのかな。

「おい！　いい加減にしろっ。この子が何をした？　何もしてないだろう？」

この人は僕のおじいさん。

僕が殴られると、いつも庇ってくれるんだ。

すごく嬉しいけれど、僕のことで喧嘩しないでほしい。

僕のせいで、おじいさんまで罵倒されるのは悲しい。

「ずっと王都にいて、村にほとんどいないお父さんにはわからないのよ！」

お母さんはそう言って、僕を蹴る。

「だからって、この子を蹴るな！　この子にはなんの罪もない」

「うるさい、うるさい！　こんな子いらない！　そんなに言うならお父さんにあげるわ」

お母さんは、おじいさんに向かって僕を投げ飛ばした。

僕は見た目が魔族に似ている。それを忌み子って言うんだって。

だから捨てられた。でもね、今まで悲しくはなかったよ。

だって、おじいさんがずっと一緒にいてくれたから。

おじいさんは騎士団長っていう、すごいお仕事を王都でしていたんだ。

……でも、僕のためにそのお仕事を辞めて、猫獣人の村で一緒に暮らしてくれた。

村を歩けば、僕は忌み子って言われて意地悪されるから、そのたびにおじいさんが庇ってくれた。

誰も近寄らないようにと、村の外れに家を建ててくれた。

すごく嬉しいけれど、毎回ごめんなさいっておじいさんに謝っていた。

僕のせいで大事なお仕事を辞めて、いつも怒って、村の人に変わり者って言われて……

おじいさんは皆から尊敬されていた、とっても素敵な人なのに、僕のせいで悪口を言われちゃう。

僕は忌み子で、魔族の生まれ変わりだって皆が言うけれど、おじいさんだけは、この赤い目を「宝石のように綺麗だよ」って言ってくれた。

お母さんが名前をつけてくれなかったから、おじいさんが『ルビィ』と名付けてくれた。

僕はこの名前が大好きだ。

おじいさんがいたから、毎日普通に過ごせてた。

でも……大好きなおじいさんが三か月前に病気で死んでしまったんだ。

それから僕の本当の地獄が始まった。

村の人たちから「魔族は出ていけ」と言われ、毎日誰かから、暴力を受ける日々。

特に僕のお兄ちゃんからの暴力は一番ひどかった。

僕には実のお兄ちゃんがいて、今もお母さんと一緒に住んでいる。

一緒に住んでいた頃も暴力を受けていたけれど、僕が家を出てからもそれは続いた。

こんな毎日が続くなら、死んだほうがマシなんじゃないかと思う時もあった。

だって、もう僕のことをルビィと優しく呼んでくれる人はいない。

一緒にご飯を食べてくれる人も笑ってくれる人も……いない。

頭を撫でてくれる人も……

忌み子と言われ、殴られる毎日。苦しいよ。

僕、何か悪いことしたのかな?

ねぇ、神様。本当にいるのなら、僕をこの世から消してください。

もうこんな人生は、辛いんです。僕は生きていくことに……疲れたよ。

夢の場面が変わる。これは、今日の記憶だ。

昼間、村の外を歩いていたら、お兄ちゃんがいっぱい人を引き連れてきて、皆で僕を殴った。

ああ、これで死ねるなら、僕は幸せだと思った。

次に生まれ変わる時は、家族に愛されたいです、と神様に願いながら、意識が薄れていった。

でも目が覚めると、僕は死んでいなかった。

不思議な見た目の獣人と、女の子に助けられたみたいだった。

獣人の名前はヒイロ。女の子はルリというらしい。

この出会いが、僕の運命を変えた。

だってヒイロは——気持ち悪い僕の目を見て、おじいさんと同じように、宝石みたいに綺麗だと言ってくれた。また誰かにそんなことを言ってもらえるなんて、思わなかったから、僕は泣いてしまった。

また嬉しくて泣く日が来るなんて。楽しくって笑う日が来るなんて。

ヒイロとルリがもう一度、僕に幸せを与えてくれた。

おじいさんが亡くなってから、僕の心も一緒に死んでしまったと思っていた。

でも……今日楽しいって笑うことができた。胸が温かくなる気持ちを再び感じることができた。

二人と出会えたから、僕は幸せなんだ。

だから、だから——

僕は……このままずっと、ヒイロとルリと一緒にいたい。

でも……それは欲張りだよね。だって、僕は忌み子だから。

そんな僕が一緒にいたら、二人に迷惑をかけてしまう。

今日は、楽しくて幸福な一日を過ごせたんだ。これ以上は……

だけど、ヒイロとあと少しでお別れするのかもと考えたら、悲しくてたまらない。

お別れするまでのヒイロとルリとの貴重な時間、大切にしなくちゃ。

★　★　★

翌日、目が覚めて、外に出てみると、ルビィの家が綺麗に修理されていた。

「「「「「すみませんでした」」」」」

猫獣人たちが整列して頭を下げている……ルリの前で。

『ルリ違う。ルビィに！』

ルリの言葉を聞いた猫獣人たちの顔が歪み、ひきつる。

『早く、あやまれ』
ルリに言われているのに、なかなか動こうとしない猫獣人たち。
「いや……だってそいつは、忌み子だし……」
縞模様の猫獣人が代表して口を開いた。
いや……何を言ってるの？　まだ忌み子とかそんなことを言ってるの？
もちろん、ルリが許すはずもない。
『ちゃんと、あやまれ！』
ルリから殺気が放たれ、猫獣人たちは立っていられず腰を抜かす。
震えながら地面に顔を擦り付け、ルビィにひれ伏すような形で謝っている。
最初にちゃんと謝ってたら、ルリはここまで怒らなかったのにね。
結局、土下座することになっちゃったね。
「「「「「すいませんでした」」」」」
猫獣人たちは謝ると、震える足をもつれさせながら、逃げるように去っていった。
頬を膨らませ、ルリはその姿を見ている。
ルリは納得がいってないんだろうね。その気持ちは僕も同じだからわかる。
『あいつら、やっぱり燃やす？』
ルリがニコッと笑いながら、とんでもないことを言い出した。
「だだだっ、大丈夫！　大切な家も直してくれたし。僕はもういいんだ」

ルビィが慌てて、フォローする。

『そっか。ルビィがいいなら、ゆるす』

「うん。あんなやつらに、魔法を使う必要なんてないよ」

ルリの言葉に僕も同意する。

ちょっとモヤっとする終わり方だけど、家は直してくれたしね。

でもあの態度、ルビィに対して悪いと思ってなかったよね。

あれじゃ、また意地悪をしそう。

そう考えたら、ルビィをこの場所に一人残して、ルリと森に帰るのは危険な気がしてきた。

うーん、一緒に森に帰るとか？

一週間後にジークさんと約束してるから、またこの村に来るわけだし、それまで僕たちと一緒にいるのはどうかな？

ルビィは、おじいさんとの大切な思い出の家がある、この村を離れるのはやっぱり嫌かな？

『ヒイロ、どうした？　顔怖い』

「あっ……その」

考え事をしていたから、顔が険しくなっていたみたい。

ルリとルビィが、僕を心配そうに見てくる。

「あのね、ルビィが嫌だったら、無理強いしないんだけど……もしよかったら、僕たちと一緒に森に来ないかなと思って……」

『いい。ルビィも一緒！　楽しい』

ルリは嬉しいのか、僕に抱きついてきた。

『ヒイロ、ふわふわ……』

そのまま、僕のふわふわの毛に顔を埋めるルリ。僕もそれ……したい。

自分に抱きつくのは無理だけど……

ん？　あれ？　ルビィの反応がない。下を向いて固まってる。

「そのっ……とりあえず一週間はどうかな？　一週間後にはまたこの村に来るから……お試しに」

僕は慌てて、ずっとじゃないことをアピールする。

だけど……やっぱり反応がない。

「あの……ルビィ？」

もしかして嫌なのかな？

やっぱり、おじいさんとの思い出の場所を離れるのが辛いのかな。

あっ……ルビィの目から涙がぽたぽた落ちている。そんなに嫌なの⁉

「あのね、嫌だったら無理しなくていいんだよ？　言ってみただけだからね」

「……がう」

「えっ？」

ルビィがなんて言ったのか聞こえなくて聞き返す。

下を向いていたルビィが、顔を上げた。大粒の涙をポロポロと流しながら、僕を見る。

「違うんだ……ふうっ。うっ、嬉しいの。夢、見たんだ。僕っ……ヒイロとルリとお別れしたくない……ううう っ」

「ルビィ……」

『よしよし』

ルリがルビィの頭を撫でる。よかった。ルビィも同じ気持ちだったんだ。

『よしよし』

ルリはルビィが泣きやむまでずっと、頭を優しく撫でていた。

「じゃあ皆で森に帰ろう。ハクが待ってる」

「え……これだけ？」

「うん。必要なものはこのリュックに全て入れたから」

僕が聞くと、ルビィはそう言って、背負ったリュックを揺らす。

家を一週間空けるので「必要な物を準備してね」と言ったら、ルビィはリュックに少しの衣類や日用品をチャチャッと詰め込み、「これで完了っ」と言ったので、拍子抜けしちゃった。

僕は《アイテムボックス》に、色々とルビィの荷物を収納する気満々だったのに。

「もともと何も持ってないから、大事なものはおじいさんと暮らしたこの家くらいさ」

ルビィが家を見て、少し寂しそうに笑う。

おじいさんとのいい思い出がいっぱい詰まった、本当に大切な家なんだろうな。

『ん。わかた』

ルリが納得した様子で、家に向かって手をかざす。何をしてるんだろう？

『よし。完了』

「何をしてたの？」

不思議に思って、ルリに聞いてみる。

『結界を、張った』

「「結界!?」」

思わず僕とルビィの声が重なる。

『ん。これで誰もこの家に近寄ること、できない。もうイタズラもされない』

いつも口数が少ないルリが、珍しく饒舌に話す。

そして、すごく褒めてほしそうに、ふんぞり返って僕を見てくる。

「ルリ！　すごいよ、天才だよ」

『ふふ。ヒイロのなでなで、気持ちいい』

僕が頭をよしよしすると、ルリが幸せそうに目を閉じる。

なんだか小さな妹ができたみたい。見た目は六歳くらいにしか見えないものの、実際の年齢はかなり上だから、妹はおかしいのかもしれないけれど。

「この家……もう誰にも壊されたりしないの？」

『ん。ルリの結界は、最強！』

ルビィの言葉に、ルリは鼻息荒く返事をする。

「よ……よかった。僕ね……離れている間に、また何かされるかもって、覚悟をしてたんだ。だから、心の中で、この家にお別れの挨拶を言ったの……ふぅぅっ。でも、おっ、お別れしなくって……いいんだっ」

『ん』

「ルビィ、泣き虫だね」

「ふふっ。だって……嬉しくて。ルリありがとう」

今度はルリがルビィの頭を撫でている。もしかして自分がされて嬉しいことをしているのかな？

『じゃ！　行く』

ルビィも泣きやみ落ち着いたので、ルリがドラゴンの姿に変身した。

「わぁぁぁぁぁぁぁぁぁっ!?」

突如、目の前にドラゴンが現れたもんだから、ルビィは驚き絶叫し、そのまま気絶してしまった。

しまった！　ルリのドラゴンの姿を見せるのは、これが初めてだった。

せめて、「今から変身するよ～」とか言ってあげたほうがよかったかな？

第三章　新しい仲間は、最強のもふもふ⁉

「ルリのドラゴンの姿がこんな感じなんて、僕知らなかったよ。思ったより大きいんだね」

僕たちは今、ルリの背中に乗って、森に帰っているところだ。

ルビィが僕の後ろで興奮ぎみに話す。

空を初めて飛んだのが、嬉しくって仕方ないみたい。

その気持ちはわかる。こんな経験なかなかできないよね。

「風が気持ちいい」

今は最初に乗った時とは違って、風を感じる余裕ができた。

まぁ……ルビィが一緒だから、ルリが速度をかなり抑えめで飛んでくれているってのも、あるんだけどね。

ぐるるるるる〜♪

『お腹すいた』

ルリのお腹が盛大に鳴る。

そういえば、もうそろそろお昼過ぎくらいかな？

「何か食べる？」

『ん！』

「え⁉　わぁ！」

ルリは返事すると、森の中に急降下した。僕とルビィは、突然の速度変化で変な声が出る。

「ルリ⁉　急にスピード出したらびっくりするでしょ？」

『だって、早く食べた……かた』

森に降りてから、僕はルリに説教した。

だって、びっくりしたルビィが気を失ってしまったから。

『反省』

「次は気を付けてよ？」

『ん』

ルリは反省している。素直で可愛いから、これ以上は怒れない。

『食べ物、とってくる』

「え？」

ルリがそう言ってどこかに消えたと思ったら、三分もしないうちに、大きな鳥の魔物を持って帰ってきた。

『これ、食べよ』

ルリがヨダレを垂らし、魔物を見る。

これは……早速、猫獣人の村でもらった調味料を試すチャンスだよね。
何を作ろうかな？
考えていると、あることに気が付いた。
……これは⁉　あれが作れるかも！
目の前にある大きな木。
この実には見覚えがあるぞ！　《鑑定》！

【オリーブの木】
果肉から良質なオイルが取れる。オイルと肉との相性は抜群。
実やオイルを食べると肌が綺麗になる効果もある。
そして、一時的に強さが二倍になる。持続時間は約十分。

これって前世にあった、オリーブオイルのもとになる木と同じだよね。
果実の見た目は少し違うけど……形がまん丸で、大人の拳くらいの大きさだ。
よしっ！　この実を集めてオリーブオイルを作るぞ！
「ルリ！　この実を集めるの手伝ってくれる？」
『む？　これ食べてもおいし、ない』
ルリが舌を出して、まずそうなジェスチャーをする。

「違う違う、実をそのまま食べるんじゃなくって、塩の実みたいに、これも加工したら調味料になるんだよ」

『……ゴクッ。まかせて』

ルリはヨダレを垂らしながらフワリと空に浮かぶと、高いところにある実を次々にもぎ取っていく。

僕も負けてられないぞ。下のほうに実っているのを採っていこう。

「僕も、何か手伝えることはない？」

いつの間に目を覚ましたのか、ルビィが近付いてきた。

「ありがとう、じゃあ、あっちの木になっている実をお願いしてもいい？」

「了解！　任せて」

三人で採ると、あっという間に大量のオリーブの実が集まった。

「よし！　これだけあればいっぱい作れるね。二人ともありがとう！」

この果実をオイルにする方法は色々あるんだけど、とりあえず一番簡単な方法で作ってみよう。

『む。何する？』

「この実を搾ってオイルを取り出すんだ」

不思議そうに僕の手元を覗き込むルリに、やり方を教えてあげる。

まず、猫獣人の村で買った大きな鍋の中で、実を握り潰す。

「よしっ！　どんどんやるぞ！」

『ふうん。楽しそう』

「僕もしてみたい」

ルリは人間の姿になって、ルビィと一緒に、僕の真似をして同じように握り潰してくれる。

しかし、これは……まずい状況だ。

自慢のふわふわの毛がオイルでベトベトになっちゃった。

毛に絡まったオイルは、綺麗に洗わないとなかなか取れないぞ。

これは二人に任せたほうがいいね。楽しそうにしてるし。

特にルリの潰す速度が異常に速い。もはや手の動きが見えない。

二人が作業している間に、僕は近くにあった川で手を洗う。

『おわった』

「楽しかったね」

『ん』

戻ってくると、二人は五分もかからず、全ての実を潰し終えていた。

まぁ、ほとんどルリが搾ったんだけど……

鍋の中を覗くと、果肉や皮などの不純物が混ざっている。

これを取り除きたいんだけど、濾過（ろか）する道具もないしなぁ。

さてと、どうする？

「ふむ……どうしよう？」

『ヒイロ、どした？』

「ええと、オイルに混ざった不純物を取り除きたいんだけど、どうやったらいいかなと思って……」

『これを？』

「そう」

『ふうん。簡単。《プレス》』

ルリがそう言った次の瞬間。鍋に入っていた潰したオリーブが浮き上がり、ひと塊になって、ギューッと空中で圧縮される。

「「え、えええええぇぇ!?」」

僕とルビィは思わず声を上げる。

『これでいいの？』

ルリがそう言った瞬間、浮かんでいるオリーブの塊から、鍋に緑色のオイルが落ち始めた。

「す……すごい！」

『これで、きれい』

ルリが得意げに僕を見る。

「本当だ！　こうすれば透き通った綺麗なオイルだけ鍋に溜まっていくね。ルリ最高だよ！」

『ふふ。ルリ、すごい』

魔法ってすごい！　こんな使い方もできるんだ。

僕も早く色んな魔法を使えるようになりたいな。

あとはこの大きな鳥の魔物を肉塊にして……と。

ん？　どうしよう……捌き方は頭の中に知識としてあるけれど、触るのちょっと怖い。

どうしたもんかと、鳥の魔物を恐る恐る見ていたら――

「これを捌くの？　僕に任せて。得意なんだ！　おじいさんが狩ってきた動物や魔物を捌くのは、僕の仕事だったから」

ルビィが立候補してくれた。ありがたいよう。とっても助かる。

「じゃあ、お願いしていい？」

ルビィは僕と同い年くらいだと思うのに、こんなこともできるなんてすごいなぁ。

捌くのを見ていたら、魔法を使ったのかと思うほどに、一瞬で終わってしまった。

「どう？　上手でしょ？」

「うんうん！　すごく上手。ありがとう、ルビィ」

「えへへ……」

ルビィがへにゃりと笑うと、ルリが『よしよし』と言って頭を撫でた。

あれ、ルリももう終わったの？

普通の方法で濾過したり、分離したりしたら、数時間か長くて数日かかるのに……

まぁ、すごい力で圧縮してたからなぁ。ルリの魔法もすごいなぁ。

二人に負けないぞ。あとは僕の出番だね。

肉塊を食べやすい大きさに切り分けて、塩と胡椒をまぶす。

次は大きな鍋の中に味付けをした肉と小麦粉を入れてっと。

あっ、これを揉んで肉と馴染ませたいんだけど、僕の手でやると……想像するだけで大惨事だ。

「ルリ、このお肉をモミモミしてくれない？」

『肉をモミモミ？　たのしそう』

ルリがニコニコしながら、お肉を揉んで調味料を馴染ませてくれる。

その隙にルビィと一緒に木の枝を集めて、焚火をする場所を作る。

「ルリ、あとは魔法でこの場所に火をつけてくれる？」

僕は木の枝を集めた場所を指さす。

『ん』

ルリがつけてくれた焚火にオイルが入った鍋を置く。

このオイルが百八十度くらいになれば、あとは肉を入れて揚げるだけ！

そう、僕は唐揚げを作ってみようと思ってるんだ。

「ふふふ。どんな味かな？」

ワクワクしながら、オイルに味付けした鳥肉を投入していく。

唐揚げはお父さんの大好物だったから、ずっと食べてみたかったんだ！

お父さんはよく、「お母さんが味付けした唐揚げが一番美味しい」って言ってたなぁ。

いつか、僕がその味を再現したい。

前世でのことを思い出しながら、数分も待つと、肉がカラッと揚がるいい音と共に、美味しそうな匂いが、辺り一面に広がる。

『ヒイロ！　これ、おいしそう』

「うんうん！　僕こんな料理食べたことないけど、すっごく美味しそうな匂いがするよ！」

ルリとルビィの口から、ヨダレが流れ落ちて大洪水になってる。

それは僕も同じなんだけど。

『ヒイロ、まだ？　まだ？』

ルリは待てないようで、顔をオリーブオイルに突っ込みそうな勢いで鍋の中を見つめている。

「ちょっと待ってね？」

僕は一個取り出して、中まで火が通ってるか確認するために、ナイフで半分に切ってみる。

すると、中からジューシーな肉汁がじゅわっと溢れ出す。

「ふわぁぁぁぁぁぁぁぁぁ！」

大成功だ！

「ゴクッ！」

『んっ』

ルビィとルリもキラキラした目で唐揚げを見ている。

うんうん、その気持ちわかるよ！

想像より焦げてる気がするけれど、美味しそうだしいいよね？　火加減って難しい。

「食べようか！」

気を取り直して、他の唐揚げもお皿に盛って、二人に渡す。

どんな味かな？

初めて食べるから胸が高鳴るよう。

熱そうなのでフーフーして口に放り込むと……サクッと心地いい音が鳴ったあと、口いっぱいに肉汁の旨みが広がった。

「うんまぁぁぁぁぁぁぁぁぁっ！」

『おいし！』

「うんうん！」

僕たち三人は顔を見合わせて、次々に唐揚げを頬張る。

お肉と肉汁を一緒にゴックンと飲み込む。幸せだよう……！

これは多めに作って、ハクにも食べさせてあげたいな。

僕が唐揚げを堪能していると――

「ヒイロ！　後ろ！」

「え？」

草むらがガサっと動いたと思ったら、目の前に白い魔物が現れた！

「え？」

そして、僕の目の前には――ふわふわでもふもふの、真っ白いポメラニアンが立っていた。

「うわぁぁぁ♪　可愛い可愛い！」

思わず変な声が出る。なんでこんなところにポメがいるの!?
僕は慌てて魔物のところに飛んでいき、抱きかかえる。
『ぬ!? 何するっち!? わりぇが、フェッ!?』
あれ？ ハクと初めて会った時と同じで、魔物であるはずのこの子の言葉がわかる。
ポメを抱きかかえてみると……ふわぁぁぁ、頭からつま先まで、ふわふわもふもふだ。
どうしよう、顔を埋めたい。いいかな？
ポフッとお腹に顔を埋めると、とっても気持ちいい。
それになんだか、お日様の匂いがする。
『ヒッ……ヒイロ。置く』
「ヒヒッ、ヒイロ！ その子を置いて、早くこっちに来て」
ルリとルビィが何か言ってるけど、今の僕はそれどころじゃない。
だってこんなに可愛いポメをモフれるんだから！
『離せっち！ わりぇの強さを思い知るがいいっち』
ポメが僕の指をガジガジと甘噛みしてきた。甘えてるのかな？
もしかして僕のこと気に入ってくれた？
「うふふ。遊んでほしいの？」
『フェぇ!?』
今度は顔にまで甘噛みしてきた。舌がペロッと当たるから少しくすぐったい。

『どういうことっち⁉　どうしてわりぇの牙が効かないっち。危うく歯が折れるとこだったっち』

そうだ！　ルリとルビィも抱っこしたいよね。

僕はポメを抱いたまま、二人のところに走っていく。

「ルリ、ルビィ、見て！　ポメラニアンだよ。可愛いよね」

二人にポメを見せると、なぜか顔が強張っている。

『……ヒイロ。そいつ、フェンリル』

「そうだよ！　めちゃくちゃ強い魔物だよ！」

ルリ、今このポメのことをフェンリルって言った？

ルビィもなんだか焦っている。

フェンリルって、ファンタジー小説によく登場する、伝説の魔物だよね？

フェンリルは大きくって狼みたいな見た目だったと思うけど……このポメが？

ポメをチラッと見ると、懲りずに僕の腕を甘噛みしている。

そんなわけないでしょ。こんなに可愛いのに。

『そいつ、ハクと同じ強さ』

ルリがポメを指さして言う。

え？　だってハクはＳＳＳランクだよ？　この子は犬じゃん。

しかも……ポメだよ？

それがハクと同じ強さなんて……半信半疑で《鑑定》を使ってみると――

【？？？】
種族：フェンリル（マスターフェンリル）
年齢：1450　　性別：なし
ランク：SSS　　強さ：98607
スキル：アイテムボックス、王の威嚇、錬金術
魔法：全属性
※フェンリル種の最高位である王。

「ふえええええええええええ!?」

ほっ、本当にフェンリルだ！

思わず抱いていたポメ……じゃなかったフェンリルを落とす。

『わりぇを気安く愛でるなど、百万年早いっち』

フェンリルは話しながら、器用に地面に着地した。

「え……喋った」

突然人の言葉で話しかけられ、思わず呟く。

『何を今更。わりぇはさっきから話してたっち！』

フンスッと鼻息荒く、フェンリルは前足でタンタンッと地面を叩く。

『わりぇは、王だっち。フェンリルの中でも一番偉いっち！　人の言葉なぞ、余裕で話せるっち』

フェンリルは『どうだすごいだろ』と言わんばかりに、ふんぞり返る。

「あのう……そんな偉いフェンリルが僕らに何か用？」

『ぬっ！　よよよっ、用はないっち。いい匂いを辿ってたら、ここに着いたっち』

僕が質問すると、急にソワソワと慌てるフェンリルの王。

口からは大量のヨダレをポタポタと垂らし、視線の先には唐揚げが……

どう見ても、唐揚げを食べたそうにしている。

もしかして……ただの食いしん坊じゃ……

「これ、唐揚げっていうんだけど、フェンリルの王も食べる？」

そう言って、フェンリルの前に唐揚げを置く。

『たたたっ、食べるっち！　いっぱい食べるっち』

フェンリルの尻尾がすごい勢いでブンブン回り、その風圧で小さな竜巻が起こる。

「ちょっ！　落ち着いて。嬉しいのはわかるけど、その尻尾ブンブンのせいで唐揚げが飛んじゃうよ？」

『ぬぬっ！　ねねねっ、猫！　何を言ってるっち。高貴なるわりぇは、そんな簡単に尻尾を振らないっちよ。低俗な犬どもと一緒にするなっち』

そう言いながらも、尻尾はブンブン左右に揺れている。

流石に今は回ってはないけど、それで抑えてるつもりなのかな？

ププブ、可愛いや。

「食べていいよ？」

僕がそう言うと、フェンリルが皿まで食べそうな勢いで、唐揚げに齧り付いた。

『ハグッ!?　ああ、熱ぅっ!?　でっ……でも美味いっちぃぃぃ。こんなジューシーな肉は初めて食べたっち』

「それはよかった。おかわりまだいっぱいあるからね」

お皿に新たな唐揚げを載せてあげると、再びフェンリルの尻尾がブンブンと回り、小さな竜巻が発生する。何が『簡単に尻尾を振らない』だよ。ずっと揺れてるし。

『ヒイロ、すごい』

「うん。フェンリルと対等に話してるなんてすごいね」

そんな僕とフェンリルの様子を、ルリとルビィが唖然とした様子で見ていた。


『はふ……美味かったっち。熱い肉なんて生まれて初めて食べたけど、なかなかうんまいっちねぇ』

唐揚げを四回おかわりして満足したのか、フェンリルは腹を出して寝っ転がっている。

その姿はもはや、王の威厳など全く感じない。可愛いポメにしか見えないよう。

また、あのお腹をモフりたい。

『しかし、お前の体はどうなってるっち。わりぇに噛み付かれて平気なんて……普通なら即死だっち』

ふわふわの尻尾を揺らし、僕をチラッと横目で見ながら、フェンリルが言う。

突然、何を変なこと言ってるの？

「即死って……あれは甘噛みしてただけでしょ？」

『なぁぁぁぁ!? わりぇの王者の牙を甘噛みだっちと!? 許さんっち！ 許さんっち！ 死んで後悔するがいいっち』

ぴょんっと起き上がり、フェンリルはまた僕の腕に噛み付いてきた。

しかも、何度もガジガジと噛み付いてくる。

僕には、甘噛みして遊んでくるポメにしか見えない。

これで死ぬわけないじゃんって思ってしまう。

だって全く痛くないし。

『なんでっち……なんで平気っち』

フェンリルは耳をペタンと下げ、悲しそうに地面に倒れる。

プププ。なんだか、やたらと人っぽいな。そんな様子も可愛い。

『ヒイロ、噛まれて、だいじょぶ？』

「そうだよ。なんで平気なの？ 本当になんともないの？」

「うん。全然平気だよ」

ルリとルビィが心配そうに僕の腕を見るけど、怪我もしてないし、何も問題ない。

二人がこんなに心配するってことは、フェンリルが言ってることは本当なのかな？

でも……なんで僕には効かないんだろう？

——あっ！

わかった。スキル《健康な体》のおかげだ！

茶色の猫獣人にナイフで刺された時は、半信半疑だったけど、これで確定だ。

最強のフェンリルの攻撃が効かないなんて……もしかして、僕って最強？

「ヒイロ？　どうしたの、急に黙り込んで？」

「ええとね。攻撃が効かない理由がわかったんだ」

ルビィの質問に笑顔で答える。

「流石ヒイロ。早く教えて！」

『おお！　どして？』

ルビィとルリが興味津々で、僕の近くに集まってくる。

『ぬ？』

フェンリルも気になるのか、こっそり聞き耳を立てている。

「おそらく僕の特殊なスキル、《健康な体》のおかげだ。僕は病気にならないし、怪我もしない。

それにどんな攻撃も一切効果がないみたいなんだ」

『すご……』

「そんなスキルがあるの!?　フェンリルの攻撃まで効かないなんて」

『なななっ、なんでっち!?　そんなスキルがあるなんて、初めて聞いたっち！』

召喚・トリップ系

こっちの都合なんてお構いなし!?
突然見知らぬ世界に呼び出された
主人公たちが悪戦苦闘しつつも
成長していく作品。

THE NEW GATE

風波しのぎ

既刊21巻

大人気 VRMMO-RPG「THE NEW GATE」で発生したログアウト不能のデスゲームは、最強プレイヤー・シンの活躍により、解放のときを迎えようとしていた。しかし、最後のモンスターを討ち果たした直後、シンは現実と化した 500 年後のゲーム世界へ強制転移させられてしまう。デスゲームから“リアル異世界”へ——伝説の剣士となった青年が、再び戦場に舞い降りる!

いずれ最強の錬金術師?

小狐丸

異世界召喚に巻き込まれたタクミ。不憫すぎる…と女神から生産系スキルをもらえることに!!地味な生産職と思っていたら、可能性を秘めた最強(?)の錬金術スキルだった!!

既刊14巻

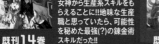

装備製作系チートで異世界を自由に生きていきます

tera

異世界召喚に巻き込まれたトウジ。ゲームスキルをフル活用して、かわいいモンスター達と気ままに生産暮らし!?

既刊10巻

余りモノ異世界人の自由生活

藤森フクロウ

シンは転移した先がヤバイ国家と早々に判断し、国外脱出を敢行。他国の山村でスローライフを満喫していたが、ある貴人と出会い生活に変化が!?

既刊5巻

種族【半神】な俺は異世界でも普通に暮らしたい

穂高稲穂

激レア種族になって異世界に招待された玲真。チート仕様のスマホを手に冒険者として活動を始めるが、種族がバレて騒ぎになってしまい…!?

既刊4巻

定価:各1320円⑩

転生系

前世の記憶を持ちながら、
強大な力を授かった主人公たち。
現実との違いを楽しみつつ、
想像が掻き立てられる作品。

転生前のチュートリアルで異世界最強になりました。

小川　悟

死後の世界で出会った女神に3ヵ月のチュートリアル後に転生させると言われたが、転生できたのは15年後!?最強級の能力で異世界冒険譚が始まる!!

既刊4巻

貴族家三男の成り上がりライフ

美原風香

アルラインは貴族の三男に転生し、スローライフを決意したが、神々からの複数の加護で人外認定される…トラブルも多い中、望む生活のため立ち向かう！

既刊3巻

攫われた転生王子は下町でスローライフを満喫中!?

伽羅

アルベールは生まれて間もなく川に流され元冒険者夫婦に助けられた。下町で前世の記憶を頼りにのんびり暮らしていたが、王宮では第一王子が姿を消したことで大混乱に陥っており!?

既刊2巻

異世界ゆるり紀行

水無月静琉　既刊14巻

転生し、異世界の危険な森の中に送られたタクミ。彼はそこで男女の幼い双子を保護する。2人の成長を見守りながらの、のんびりゆるりな冒険者生活！

素材採取家の異世界旅行記

木乃子増緒　既刊13巻

転生先でチート能力を付与されたタケルは、その力を使い、優秀な「素材採取家」として身を立てていた。しかしある出来事をきっかけに、彼の運命は思わぬ方向へと動き出す―

とあるおっさんのVRMMO活動記

椎名ほわほわ　既刊28巻

TVアニメ 2023年10月放送開始!!

超自由度を誇る新型VRMMO「ワンモア・フリーライフ・オンライン」の世界にログインした、フツーのゲーム好き会社員・田中大地。モンスター退治に全力で挑むもよし、気ままに冒険するもよしのその世界で彼が選んだのは、使えないと評判のスキルを究める地味プレイだった！　やたらと手間のかかるポーションを作ったり、無駄に美味しい料理を開発したり、時にはお手製のトンデモ武器でモンスター狩りを楽しんだり——冴えないおっさん、VRMMOファンタジーで今日も我が道を行く!

定価：各1320円⑩

実は最強系　アイディア次第で大活躍!

追い出された万能職に新しい人生が始まりました

東堂大稀　既刊8巻

万能職とは名ばかりで“雑用係”だったロアは「お前、クビな」の一言で勇者パーティーから追放される…生産職として生きることを決意するが、実は自覚以上の魔法薬づくりの才能があり…!?

落ちこぼれ[☆1]魔法使いは、今日も無意識にチートを使う

右薙光介　既刊9巻

最低ランクのアルカナ☆1を授かったことで将来を絶たれた少年が、独自の魔法技術を頼りに冒険者としてのし上がる！

定価：各1320円

続々刊行中!

話題の新シリーズ

転生・トリップ・平行世界…
様々な世界で主人公たちが
大活躍する新シリーズ!

この面白さを見逃すな!

追放された【助言士】のギルド経営

柊彼方　既刊2巻

ロイドは最強ギルドから用済み扱いされ、追放される…失意の際に出会った冒険者のエリスがギルドを創ろうと申し出てくるが、彼女は明らかに才能のない低級魔術師…だが、初級魔法を極めし者だった──!?　底辺弱小ギルドが頂に至る物語が、始まる!!

既刊4巻

【創造魔法】を覚えて、万能で最強になりました。

久乃川あずき

優樹は異世界転移後にクラスメイトから追放されてしまうが、偶然手に入れた亡き英雄の【創造魔法】でたくましく生き抜くことに──!?

既刊3巻

趣味を極めて自由に生きろ!

紫南

魔法が衰退し魔道具の補助無しでは扱えない世界で、フィルズは前世の工作趣味を生かし自作魔道具を発明していた。ある日、神々に呼び出され地球の知識を広める使命を与えられ──?

既刊3巻

幼子は最強のテイマーだと気付いていません!

akechi

森の奥深くで暮らすユリアの楽しみは、動物達と遊ぶこと。微笑ましい光景だが、動物達は伝説の魔物だった!!知らぬ間に最強のテイマーになっちゃった!?

既刊2巻

引退賢者はのんびり開拓生活をおくりたい

鈴木竜一

パワハラにうんざりし、長年勤めた学園を辞職した大賢者オーリム。自然豊かな離島で気ままに開拓生活を送ろうとしたが、発見した難波船が世界の謎を解く鍵だと気が付いて──!?

既刊4巻

不死王はスローライフを希望します

小狐丸

平凡な男は気がつくと異世界で最底辺の魔物・ゴーストになっていた!?　成長し、最強種・バンパイアになった男が目指すは自給自足のスローライフ!

既刊2巻

放逐された転生貴族は、自由にやらせてもらいます

長尾隆生

前世の記憶持ちで転生したトーア。才能がないと辺境の砦に放逐され、十年後家を継いだ兄から絶縁宣言もされてしまう…砦で身につけた力と知識を生かして冒険者活動を始めるが──!?

既刊2巻

1×∞ 経験値1でレベルアップする俺は、最速で異世界最強になりました!

マツヤマユタカ

カズマは気が付くと異世界の自然豊かな場所に一人でいた…仕方なくサバイバル生活を開始するが、未経験だった釣りや狩りが妙に上手くできる!!その秘密は経験値にあって…!?

既刊2巻

異世界で水の大精霊やってます。

穂高稲穂

いきなり別の世界に転移していて、辺りは見知らぬ湖と思っていたら、自身が湖そのものになっていた!?流れてくる知識から湖の大精霊になったことを理解するが、ある少年のもとに召喚されて…!?

既刊5巻

もふもふが溢れる異世界で幸せ加護持ち生活!

ありぽん

神の手違いのお詫びに加護持ちで異世界転生したジョーディ。1番の友達のブラックパンサーと共に1歳の誕生日祝いで出かけるが、その先では大事件が…!?

既刊1巻

工芸職人《クラフトマン》はセカンドライフを謳歌する

鈴木竜一

ウィルムは前世でも現世でもブラックな環境で死ぬ程働いていた…クビをきっかけに隠居生活を始めるが、評価してくれていた癖のある顧客達が押し寄せて来たことで…!?

既刊2巻

可愛いけど最強? 異世界でもふもふ友達と大冒険!

ありぽん

レンは二歳児に転生してしまったが、偶然出会った青い鳥(ルリ)と白い虎(スノーラ)と友達になり森での生活を満喫していた。ある日、スノーラの提案により領主家で暮らすことになり生活は一変し…!?

既刊1巻

没落した貴族家に拾われたので恩返しで復興させます

六山葵

没落貴族家に拾われた、捨て子のレオン。特技である魔法を活かして実家を立て直そうと魔法学院に入学する。実力を発揮して楽しい学園生活を過ごすが、出自に関わる情報を得て…!?

既刊2巻

手切れ金代わりに渡されたトカゲの卵、実はドラゴンだった件

草乃葉オウル

雑用係だったユートはギルドの任務失敗をなすりつけられ解雇される…手切れ金に雑魚魔獣の卵を渡されるが、孵化してみるとドラゴンで…!?最強で最高な相棒と夢見た冒険者人生が始まる…!!

定価:各1320円⑩

一番驚いた様子のフェンリルが、僕の肩の上に飛び乗ってきた。

フェンリル……こっそり聞く作戦が台無しだけど、大丈夫？

「信じられないかもしれないけれど、これはこの世界の創造神様と女神様からもらったスキルなんだ」

この二人になら、そのことを話してもいいよね。フェンリルはオマケだけど。

「ヒイロは、創造神様や女神様とお話ししたことがあるんだね。すごいよ！」

『ん。すごい』

『なるほど、神からもらった特殊なスキルっちか、面白いっち！　神の祝福（ギフト）なら、わりぇの攻撃が効かないのも納得だっち』

次の瞬間。ルリがルビィの手を引いて僕から離れたと思ったら――

『《ドラゴンブレス》』

僕の体は大きな炎に包まれた。

「ふぇぇぇぇぇぇぇぇぇ!?」

『ぬっ？』

僕と、僕の肩にいたフェンリルは、声を上げる。

『本当に怪我しない』

炎が消えると、ルリがパチパチと拍手していた。

「こらぁ！　急にそんなことされたらビックリするでしょ!?」

『えへへ』

そんな可愛い顔で笑っても、誤魔化せないんだからね？

そういえば、フェンリルはなんで無事なの？

見てみると、肩にいるフェンリルは、ドヤァとした顔をして、ふんぞり返っていた。

『わりぇにはこんな攻撃、ぬるい風っち』

そんなことを言いながら、得意げな顔をしている。

ふと空を見上げると、辺りが少し暗くなってきたように思う。

村を出たのはお昼過ぎだったし、時間が経つのはあっという間だなぁ。

空をボーッと見ていると、声をかけられる。

『ヒイロ。帰る、遅くなる、ハク心配する』

昨日帰っていないから、ルリがそんなことを言いながら、ドラゴンの姿になった。

それはそうだよね。昨日も帰ってないし、帰るのが遅くなって、ハクに心配をかけるのはダメだよね。

慌てて出していた調理器具を《アイテムボックス》に収納する。洗うのはあとでいいよね。

ささっと用意を済ませ、ルビィと一緒にルリの背中に乗った。

「僕らは泉に帰るから、じゃあね」

ルリの背に乗りながら、フェンリルにお別れの挨拶をする。

ふわふわで可愛かったから少しだけ名残惜しいけれど……

『え？　どうして泉に行くっち⁉』

「そこにお家があるからね。帰るんだよ」

『じゃね』

そう言うと、ルリがあっという間に高く舞い上がった。

フェンリルが下で何か騒いでいるけれど、遠くて聞こえない。どうしたのかな？

お別れの挨拶を言ってくれてるのかもね。

『ヒイロ、ルビィ、ギュッして！　とばす』

え？　とばす？

「「ふわぁぁぁぁぁぁぁぁあっ⁉」」

危うく落っこちるところだった。

急いでるのはわかるけど、ルリがこれまでの何倍ものスピードを出すから、風圧がヤバい。

これってルビィは大丈夫なのかな？　後ろで気絶してない？

★　★　★

『帰った。ただいま』

ルリが泉の近くにある洞窟の前に下りると、人の姿をしたハクが急いで出てきた。

外で一泊したから、心配させちゃったかな？

『おかえり。帰りが遅かったから心配したよ。猫獣人の村は楽しかったかい？』

「ハクただいま。うん、楽しかったよ。調味料も手に入れたし、これでさらに美味しい料理ができるよ」

『ほう、それは楽しみさね』

ハクが優しく僕の頭を撫でてくれる。ふふっ、幸せな気持ちになって、顔が綻（ほころ）んじゃう。

『ところで、ルリの背中にいる子はどうしたんだい？』

ハクがルビィをチラリと見る。

そうだった。ルビィのことをハクに紹介しないとだ。

後ろを向くと、グッタリとして動かないルビィの姿が……

ルリがすごいスピードを出してたから、『ルビィ大丈夫かな？』って思ってたんだ。

やっぱり気絶しちゃってる。

意識がなくても、手だけはしっかり、ルリの背中を掴んでるや。

帰りはスピードが速くて、僕でさえ怖かったんだ。ルビィにはキツイよね。

僕はハクに、ルビィとの出来事を簡単に説明した。

『そんなことがあったのかい。大変だったね』

ハクはルリの背中から気絶しているルビィを下ろすと、その頭に手をかざした。

すると、ルビィの瞼（まぶた）がゆっくりと開く。

「え？　僕……」

「ルビィ、大丈夫？　気を失っていたんだよ。ハクが起こしてくれたんだ」

『ルビィ。ごめん』

僕はルビィに状況を説明し、竜から人の姿になったルリは俯いて、シュンとしている。

「あっ、大丈夫だよ！　このくらいで気絶しちゃうような弱い僕が悪いんだから。気にしないでね。気絶しないように頑張って鍛えるから！」

ルビィは自分の胸をドンッと叩いたあと、下を向いて反省しているルリの頭をよしよしと撫でた。

『ふふ。気持ちいい』

ルリはそう言って、気持ちよさそうに目を閉じる。

あっ、そうだった。

そんな二人の様子を見てほっこりしていたら、唐揚げのことを思い出す。

ハクにも、さっき作った唐揚げを食べてもらいたかったんだ。

「ねぇハク、これ作ったんだ。食べてみて」

《アイテムボックス》から唐揚げを取り出し、ハクに見せる。

『ほう……美味そうな匂いがするねぇ』

ハクが唐揚げに顔を近付け、香りを嗅いでいる。

『どれ？』

香りを堪能したあと、ハクは唐揚げを一つ口に放り込んだ。

次の瞬間、サクッというい い音と共に、ハクの顔がへにゃりと崩れる。

『なんだいこれは⁉　美味いっ。口の中で肉汁がどんどん溢れてくるさね』

ハクはパクパクとすごい勢いで、唐揚げを口の中に放り込んでいく。

どうやらお気に召したようだ。

ハクに出した唐揚げは、一瞬でなくなってしまった。

『もうなくなっちまった。もっと食べたいねえ』

空っぽになったお皿を、ハクが寂しそうに眺めている。

なんだかその姿は、大人なのに可愛いと思ってしまう。

「気に入ってくれてよかった。いつでも作ってあげるから、そんな顔しないで」

僕がそう言うと、ハクの瞳がキラキラと輝く。

ん？　僕の姿が唐揚げに見えてないよね？

『本当かい。約束だよ？』

「もちろん」

『ふふ。じゃあ、あとで鳥の魔物を狩ってこようかね。あっ、そうそう！　ちょっとついてきてくれるかい』

ハクは洞窟の中を指さし、ついてこいと手で合図をする。

どうしたのかな？　あとについていくと、その先にいたのは——

『「えええっ⁉」』

草でできたふかふかのベッドの上で、さっきお別れしたばかりのフェンリルが、仰向けで気持ちよさそうに寝ていた。僕とルリとルビィは目を丸くして驚く。

なんでいるの⁉

「ええと、ハク、なんでフェンリルがここで寝てるの？」

僕は、お腹を出してスヤスヤと気持ちよさそうに眠っているフェンリルを指さす。

『……っち……肉がせっ、攻めて……ジュル』

どんな夢を見てるのやら。変な寝言を言ってるし。

『ん？　それがね、「猫と約束したから泉に来た」と言うんだよ。私はてっきりヒイロと何か約束してるのかと思ってね』

約束？　そんなのしてないと思うんだけど……

だって、一緒に唐揚げを食べただけだよね？

「ううん、約束なんてしてないよ」

『そうかい？「猫が帰ってくるまで待つ」って言うからさ、放っておいたら、いつの間にかそこで寝てたんだよ』

「そうだったんだ」

僕になんの用なんだろう？

……ってか、僕たちより先に着いてるとか、フェンリル移動するの速すぎない？

皆でフェンリルを見ていたら、突然パチっと目が開いた。

『ふあぁぁ……遅いっち！　わりぇのスペシャルな超速に勝てないのは仕方ないっちけど』

『む。遅くない。ルリ、もっと早く飛べる』

フェンリルに遅いと言われ、ルリはぷうっと頬を膨らませている。

「ルリは僕とルビィを乗せて飛んでいたからね。本来のスピードはもっと速いよ」

『ふうん。でもわりぇが一番速いっち。なんせわりぇは王だっち』

そう言って、フェンリルが鼻息荒く、前足で地面をタンッと叩く。

その姿はポメが偉そうにドヤっているようにしか見えない。

「ええと……それで僕になんの用？」

『よっ、用？　まっ……あれっち』

フェンリルの尻尾がブンブンと回り出した。

『高貴なる王のわりぇが、暇つぶしに猫と遊んでやってもいいっち。わりぇを愛でる権利を猫に与えてやるっち』

「ええ？　愛でる権利!?」

『そうっち。光栄に思うっち』

ええと……このフェンリルは何を言ってるんだ？

愛でる？　それはもふもふしていいってこと!?

『……ってことで、さっきの美味い肉を作るっち』

尻尾をブンブンとご機嫌に回しながら、唐揚げを作れと言ってくるフェンリル。

これって……唐揚げが気に入ったから、僕のあとをついてきただけだよね。

『さぁ、早く作るっち！　いっつたぁ!?』

ハクがフェンリルの頭にゲンコツを落とす。

『何するっち!?』

『勝手なことを言って……フェンリルよ、ヒイロはお前の召使いにはならんさね？』

『なっ……ドラゴンめ！　王であるわりぇの高貴なる頭を、よくも殴ったっちね！　許さんっち！』

『いくらお前が王とて、今はまだ子供。私に勝てるとでも？』

ハクがフェンリルを睨む。

このフェンリルまだ子供だったんだ……確かに言動は少し幼いもんね。

『むぅぅぅぅ……』

ハクに圧倒されて悔しいのか、フェンリルがプルプルと震えている。

ちょっとかわいそうになってきたので、フェンリルを抱っこし、二人の仲裁をする。

「ハクありがとう。その気持ちは嬉しいよ。でも喧嘩はしないで？　フェンリルも怒らないでね？

僕の作ったご飯が食べたいなら、いくらでも作ってあげるから」

『いくらでもっち!?』

「そうだよ。でも、皆と仲良くできないなら、もう作らないし、一緒にはいられない」

僕がそう言うと、何かを考えているのか、フェンリルが少しの間黙った。

『わかったっち！　わりぇは約束するっち』

「ふふ、よかった」

納得してくれたフェンリルに笑いかける。

『ヒイロがいいなら、私はこれ以上は何も言わないさね』

ハクはニコリと笑い、僕の頭を撫でたあと、『さてと、肉を狩ってくるさね』と言って洞窟を出ていった。ルリもそのあとについていく。

洞窟内には僕とフェンリルとルビィが残った。

ハクはこの世界での僕のお母さんみたい。初めて出会ったのが、ハクとルリでよかったなって改めて思っちゃう。

さてと……このフェンリルもこれから一緒にいるってことだよね。

ずっとフェンリルって呼ぶのもなぁ。何かあだ名をつけてあげようかな。

「ねぇねぇ、フェンリル。一緒にいることになったし、君に呼びやすい名前をつけていい？」

『王であるわりぇに、気安く名をつけるっち⁉』

口では嫌そうに言ってるけど、尻尾はご機嫌に揺れている。

これは嬉しいってことだよね？

うーん……何がいいかなぁ。真っ白いポメ。丸くなると、お餅みたい……お餅？　モチ？

「決めた！　君の名前はモチ太だ。どう？」

『わりぇの名はモチ太⁉　モチ太……ふっ、ふうむ……悪くないっち。特別にその名でわりぇを呼ぶ権利を与えるっち！』

尻尾がまたぐるぐると回り出した。

よかった、どうやら名前を気に入ってくれたみたい。

「よろしくね。僕は猫じゃなくてヒイロだよ」

『ヒイロ……わかったっち』

なんだか、また面白い仲間が増えたなぁ。

異世界に来て、初めはすっごく不安だったけれど、皆のおかげで今すごく楽しい。

ハクとルリは、夕食のお肉を狩りに行ってくれた。

二人が戻ってくるまで、少し時間もあるし……

僕も森の探索をしながら、ジークさんに渡すサクラ香木を探してみようかな。

そのついでに、新たな食材になりそうなものも探せるし、一石二鳥だ！

ふふ。森の探索は、想像するだけでワクワクしちゃう。

毎回新たな発見があって楽しいから。

「ハクたちが戻ってくるまで、僕は食材やサクラ香木を集めに、森へ探索しに行こうと思うんだけど、ルビィとモチ太はどうする？」

「僕はヒイロについていく。お手伝いしたいし」

ルビィがすぐに一緒に行くと言ってくれる。その気持ちがすごく嬉しい。

モチ太はというと、ふかふかの草ベッドに横たわり――

『わりぇは行かないっち、王は城を守らないとダメっち』

ふかふかの草ベッドに顔を埋めるモチ太。

その姿はどう見ても寝る寸前の体勢だ。

モチ太のやつ、もっともらしいことを言ってるけど、ゴロゴロしたいだけだよね？

別にいいんだけども。

「じゃっ、僕はルビィと探索しに行ってくるから、この城を守ってね？」

『任せるっち』

モチ太は体を丸め、尻尾をゆっくりと上下に揺らし、返事をする。

……その姿はまさにふわふわの鏡餅にしか見えない。

モチ太は眠る時に鏡餅になるっと。メモメモ……

「じゃあ、ルビィ行こうか！」

「うん。僕少しだけワクワクする」

ルビィが楽しそうでよかった。

本当は行きたくないのに、無理やり連れていきたくはないからね。

「このいい香りがする木の枝を探してきてほしいんだ。普通の木の枝とあまり見分けがつかないから、難しいかもしれないいんだけど――」

僕は森を歩きながら、ルビィにサクラ香木の説明をする。

ルビィは賢くて、すぐにコツを掴み、大量のサクラ香木を集めてきてくれた。

これじゃ、僕がルビィのオマケだね。

いっそのこと、サクラ香木はルビィに任せたほうがいいかも。

僕は新たな食材を探すことに集中しようかな。

辺りを観察しながら、森を歩いていると……不思議なキノコが目に入る。

黄色に輝いていて、普通のキノコには見えない。

「え!?　これは何？」

《鑑定》してみると——


【調味料キノコ：コンソメ味】

そのまま焼いて食べても美味しいが、粉状にして出汁としても使える。

粉になったキノコを食材に振りかけるだけで、コンソメ味の料理が完成する。

他にも色んな調味料キノコや香辛料キノコなども存在する。


コンソメ味って！　これ、調味料として使えるみたい。

他にもあるって書いてあるから、違う種類のキノコも見つけられたらラッキーなんだけどな。

あれ？　そういえばコンソメ味って、前世にあったもので、わかりやすく紹介してくれてない？

今更だけど、多分ステータス画面は、僕仕様にわかりやすくなっているんだろうな。

スキルって改めて便利だね！

「よし！　そんなことより、キノコを採るぞ」

目の前にあるキノコを、手当たり次第に刈り取って《アイテムボックス》に収納していく。

ふふふ。コンソメ味で何を作ろうかな。

「ん？」

この葉っぱは！　これって前世にあった、あの食材と同じなんだけど。

しかも、この感じは今が収穫時！

「よし！　ものは試しに、掘ってみるか」

この食材は地中に潜っている部分が美味しいんだ。

掘り進めると……！

「やっぱり！　同じ！」

これはいい食材を見つけたぞ！　皆も好きだといいなぁ。

「ヒイロ何してるの？」

大量のサクラ香木を両手で抱えたルビィが、僕を不思議そうに見ている。

「もうこんなに集まったの？　ルビィ、すごいよ」

「えへへ。頑張ったんだ」

ルビィが嬉しそうに微笑む。

ルビィが笑うと、なんだか僕まで幸せな気持ちになる。不思議だなぁ。

「それで、何をしてるの？」

「ふふふ。最高の食材を見つけたから掘っていたんだ」

「最高の食材!?　それなら僕も手伝う！」

「ありがとう！　じゃあこの葉っぱの下の土を掘ってくれる？」

僕は目の前にある葉っぱを指さして、ルビィに教える。

「任せて！　いっぱい掘るから」

二人で土を掘り、最高の食材を無心になって収穫した。

一緒に作業するのが楽しくて、掘るたびに顔がニヤけちゃったのは内緒。

「これくらい収穫すれば、皆の分も足りるかな？」

「この食材でヒイロがどんな料理を作ってくれるのか、ワクワクする」

「ふふふ。それはお楽しみに」

二人でニマニマしながら泉に戻る。


『『おかえり』』

狩りに行っていたハクとルリが、先に戻っていて、洞窟の外で出迎えてくれた。

その横には……大きな魔物が、大量に積み上げられている。

これを……そんな短時間で狩ったの!?

『これくらい狩ったら足りるだろう』

ハクが得意げに言う。足りるどころか、何日分の肉!?

『これでさっきのあれを、いっぱい作れるかい？』

ハクがソワソワしながら、狩ってきた魔物をチラッと見る。

「もちろん！　これだけあったらいっぱい作れるよ」

『それは嬉しいねぇ』

『ん。いっぱい狩ってよかった』

微笑むハクの横で、ルリがぴょんぴょんと飛び跳ねている。

二人ともそんなに気に入ってくれたんだ。嬉しいな。

自分が作ったものを喜んでもらえるのが、こんなにも嬉しいなんて、前世では知らなかった喜びだ。してもらうばかりで、自分が何かしてあげることなんて全くなかったから。

前世のお母さんやお父さんにも、僕が作った料理を食べてもらいたかったな。

『ヒイロ、どした？』

「わっ⁉」

ルリが僕の尻尾を掴み、不思議そうに見ている。

いつの間に僕のふわふわを堪能してたんだ？　全く気付かなかったよ。

『ヒイロ、顔、変』

「へっ……変って！」

ちょっと前世のことを思い出してしんみりしちゃった。

それが顔に出ちゃってたのかな。

今の僕にはハクとルリがいる、それにルビィも……あっ、モチ太もね。

前世でできなかったことを、皆にいっぱいしてあげられたらいいよね。

『もふ……』

ルリが僕の尻尾に顔を埋め、うっとりとしている。

「もう！」

くすぐったくなってきたから終わり。

ルリから離れ、さっき採った例のものを取り出す。

『『?』』

ハクとルリがキョトンとした目で食材を見ている。

僕があまりにも得意げに取り出したもんだから、余計に『それが何？』って顔になっている。

「ふふふ。これはね、ジャガイモといって、手を加えるとすっごく美味しくなる食材なんだ」

『これが!?』

『ほう……それは楽しみだねぇ』

「僕も採るのを手伝ったんだ！」

ルリ、ハク、ルビィが口々に言う。

僕も今からワクワクしてる。

だって今から作る物は、前世のお父さんが大好きで、しょっちゅう食べてたんだ。

僕は自分の分を食べられないから、その分皆に食べてもらってた。

食べてる時のお父さんとお母さんの幸せそうな顔を見るのが大好きだったし、匂いを嗅ぎながらその姿を見て、僕も一緒に食べた気になっていたんだ。

ふふ。完成品を想像するだけでお腹が空いてくる。

皆が期待した目で僕を見る。美味しいって思ってもらえるといいなぁ。
さて！　作りますか。
まずはジャガイモを、泉から汲んできた水でよく洗う。
それを長細く切って、あとはオリーブオイルでカラッと揚げて塩をかけるだけ！
そうすれば、簡単で美味しいフライドポテトの完成だ。
「ふふふっ」
ついつい顔がニヤけ、またルリに『ヒイロ、変な顔』って言われちゃった。
ルリに火をつけてもらって、その上に鍋を載せる。
しばらく待ってから、熱した油の中に切ったジャガイモを投入。
『む？』
『なんだかパチパチしてて、見ていて楽しいねぇ』
「いい匂いがしてきた」
ルリとハクとルビィが興味津々で鍋の中を見ている。
そんな近くで鍋を見ると飛んできた油が当たるよ？
さぁ、もうそろそろかな？
油からジャガイモを取り出し、お皿に並べ、その上に塩を振りかける。
「さぁ。完成！　どうぞ」
僕がそう言うと、皆の手がいっせいにお皿に伸びる。

サクッ！

『『「！！！」』』

あれ？　皆が固まっている。

好みじゃなかった？　もしかして失敗しちゃった？

僕も慌てて口に放り込む。

「うんま〜！」

サクッと香ばしい食感のあとに、中からしっとりとしたお芋が出てきて、甘みが口の中に広がる。

塩がアクセントになって、これまた相性抜群！

お父さんが大好きだったのも納得の味だ！　想像していたより、何百倍も美味しい。

『ヒイロ！　これ！　気に入った』

『うんうん。美味いねぇ。初めての食感で、ちょっと戸惑っちまったよ』

「美味しいよう」

僕が食べたら、ルリとハクとルビィが一気に話し出した。

これはもしかして、美味しさにビックリして固まっちゃってたのかな？

「ん？」

皆で楽しくフライドポテトを食べていたら、テチテチテチと真っ白な毛玉が勢いよく近付いてきた。

え⁉　何⁉　毛玉が動いてる⁉

『お前たちぃ！　わりぇに内緒で何を食べてるっち！　いい匂いで目が覚めたっち！』

「モチ太……」

毛玉の正体は、洞窟からものすごい勢いで飛び出してきたモチ太だった。

『わりぇにも、よこすっち！　本来なら王であるわりぇが一番に食べるっちよ？』

ヨダレを滝のように流しながら威張るモチ太。ええと……王の威厳を全く感じませんよ？

『美味いっち！　サクッとして、香ばしいっち』

モチ太が尻尾を高速で回転させながら、美味しそうにフライドポテトを頬張っている。

『ぬ！　これはルリの！』

『違うっち！　王であるわりぇによこすっち』

『ダメっ』

モチ太がルリのお皿から、フライドポテトを奪おうとしている。

「よかったら、僕のをどうぞ」

その様子を見かねたルビィが、自分のお皿をモチ太に差し出す。

『ほう……なかなかいいやつっち。お前はわりぇのしもべ一号にしてやるっち』

優しく譲ってくれたルビィに、何を言い出すんだ。モチ太のやつ。

「モチ太？　人のを奪っちゃダメだよ？　そんなことするなら、もう作ってあげないよ」

『ちちっ、違うっち。こいつがくれるって言ったっち！　わりぇは奪ってないっち。ハムッ』

僕が脅すと、モチ太はお皿に載っていたフライドポテトを、全て口の中に入れた。

モチ太の頬が、向日葵の種をめいっぱいに詰め込んだハムスターのように、プックリ膨らむ。

きっとルビィに返せって言われると思ったんだろう。

食い意地が張っているというかなんというか……

『ヒイロ！　わりぇはこれがもっと食べたいっち！』

口の中にあるポテトを食べ終えると、モチ太は瞳を輝かせ、キュルンとおねだりしてくる。

ちょっと待って。可愛い……

そんな仕草どこで覚えたの？

「ええと、待ってね。このジャガイモを調理しないとダメだから、そんなすぐにはできないよ」

そう言いながら、《アイテムボックス》からジャガイモを取り出すと――

『ふぬっ!?　それが美味いっちか！』

「え!?」

ジャガイモに、モチ太が勢いよく齧り付いた。

『ふぇぇっ。ペッペッ。まずいっち！　こんなものを食わせるなんて許さんっち』

モチ太は齧ったジャガイモを吐き出す。

ええと……モチ太さん？　僕言ったよね？　これを調理するって。

『あはは。マヌケ』

『……ったく、何してるんだい』

「ふふふっ」

その様子を見た、ルリとハクとルビィが笑う。

『笑うなっち！　わりぇをバカにすることは許さんっちよ!?　痛い目に遭いたいようっちね？』

モチ太が前足で何度も地面をタンタンッと叩きながら怒っている。

なんだかその姿も可愛いけど、皆を痛い目に遭わせるのはダメだよね。

「ねぇ、モチ太。調理してないんだから、まずいのは当たり前だよ。僕はちゃんと言ったよね？　そんなすぐにはできないよって」

『むっ……むむ？　そっ、そうだったたっちねぇ～。まぁ？　完成したら、わりぇを呼ぶっち。ちょっと喉が渇いたから泉の水を飲んでくるっち』

僕に注意され、モチ太は逃げるように泉に走っていった。

本当に困ったフェンリルの王様だ。

「よし！　フライドポテトのおかわりを作るからね～♪　その次に唐揚げも！」

僕は張り切って食材を取り出す。

あ、次はあれも作ってみたいんだよね。コンソメ味のポテトチップス。

だって、せっかくコンソメ味の調味料が手に入ったんだ。

前世では、お母さんが「ポテトチップスはコンソメ味が最強だ」ってよく言ってた。

どんな味なのかな？　最強を食べてみたい！

あっ！

でもキノコの状態だから、コレを乾燥させて粉々にしないと、調味料にならない。

まずは乾燥させて、そのあとすり鉢みたいな道具で粉々にしないと。
今は道具もないし、キノコも乾燥させないといけないから、すぐには無理か。
ん〜ちょっと……かなり残念だけど仕方ない。
今日はコンソメ味のポテトチップスは諦めよう。
とりあえず、キノコを出して乾燥だけでもしとこうかな。
僕は《アイテムボックス》からキノコを取り出し、葉っぱの上に並べていく。
『何をしてるんだい？』
僕の手元をハクが不思議そうに覗き込む。
「キノコを乾燥させて、そのあとに粉々にして、美味しい調味料を作りたいんだ」
『美味しい調味料……ゴクッ』
ハクは少しの間考えてから、顔を上げる。
『このキノコを乾燥させて、粉微塵にしたらいいんだね？』
「え？　うっ、うん……そうだけど」
『なら簡単さ。見てな？』
ハクは僕が並べたキノコを風魔法で宙に浮かすと、次の瞬間——
粉々になったキノコが葉っぱの上に落ちてきた。
「えええええっ⁉　こんな一瞬でできるの？」
『どうだい？　これでいいかい？』

「ありがとう、ハク！　完璧だよ」

すごい……コンソメの粉があっという間に完成しちゃった。

『さぁ。もっと美味いものを食べさせておくれ』

「もちろん！」


フライドポテトと唐揚げの第二陣が完成し、皆がそれを美味しそうに食べている中、僕は一人でジャガイモと格闘していた。

ジャガイモを薄くスライスしたいのに、包丁で切るのが難しくて、分厚くなってしまう。

ポテトチップスのパリッを再現するには、いかに薄く切るかが重要だ。

はぁ……頭の中では、完璧な想像ができているのに、現実は難しい。

知識だけでいけると思っていた少し前の僕に言ってやりたい。経験が一番大事だよと。

「難しいよう……」

『ヒイロ、どした？』

フライドポテト片手に、ルリが僕の作業を見に来た。

「ええとね、このジャガイモをスライスしたいんだ」

『スライス？』

ルリが不思議そうに首を傾げる。そうか、スライスの意味がわからないのかな？

「この切ったジャガイモがあるでしょ？」

僕は分厚く切ったジャガイモを見せる。

『うん』

「本当は透けて見えるほどに薄く切りたいんだよ。でも今の僕じゃこれが精いっぱいで……薄く切れたら、新たな美味しいご飯を作れるのになって……」

『ぬ！　新たなおいし……』

僕の話を聞いて、ルリの喉がゴクンッと鳴る。

『これ、薄く？』

「？　うん」

僕が返事をした瞬間。

ジャガイモが、透けて見えるほどの薄さにスライスされて目の前に並んでいる。

「え⁉」

『どう？　これでいい？』

完璧だよ！　完璧だけど……一体何が起こったの⁉

一瞬でジャガイモがスライスされたよ？　これも魔法なの？

「ルリ、何したの？」

『ん？　風魔法』

驚く僕を尻目に、ルリは『それが何か？』って顔をして、僕を見る。

やっぱりルリって普通じゃないよね？

この風魔法を人に使ったら、こんな風にスライスされちゃうってことでしょ？

ハクがキノコを粉々にしたのもそう。

モチ太だって、見た目は可愛いポメだけど、フェンリルの王だし……

あれ？　もしかして僕の仲間ってすごいメンバーばかり？　これって……無敵なんじゃ？

まぁ、今はそんなことを考えている場合じゃないよね。

念願のポテチを作ることだけに集中だ！

ルリがスライスしてくれたジャガイモを、熱したオリーブオイルに投入する。

すると、軽快な音と共にすぐにジャガイモが揚がる。

おおっ！　いい感じかな？

僕は薄くスライスしたジャガイモをスプーンで取り出す。

猫獣人の村のお店には、スプーンとフォークとナイフしかなかったから、ひとまずはこれで我慢だ。いつかお箸も作りたいなぁ～。

『ヒイロ、これ何？』

ルリが不思議そうに、揚がったポテトチップスを見ている。

「あとちょっとだから見ててね」

僕はハクが作ってくれたコンソメの粉を振りかける。

「これで完成！　食べてみて」

『む？』

ルリがポテトチップスをそっと口に入れる。

すると……パリッ！

『はわっ⁉』

「どう？」

ルリの顔が満面の笑みになる。これは美味しいっていう反応で合ってるよね？

僕も口に入れると――

パリッ！

『ふわぁっっぁぁぁっぁ⁉』

美味しいよう！　フライドポテトの時とは、また違ったサックサクの食感。

それにちゃんとコンソメの味がする！

「美味しいっ」

『ん！　おいし』

僕とルリは、あまりの美味しさに顔を見合わせて、うんうんっと頷く。

『何を食べてるっち？』

『いい匂いがするねぇ？』

「僕も食べたい……」

僕とルリがポテトチップスを味わっていると、モチ太とハクとルビィが香ばしい匂いに釣られてやってきた。

「これはポテトチップスだよ。すっごく美味しいよ！」

僕がそう教えると、三人は目を輝かせる。

『なんだっち？　ポテト……チップ？　すっごく美味いっち？』

『どれ？』

「一つもらってもいい？」

三人は興味津々な様子でポテトチップスを手に取ると、すぐさま口に入れる。

パリッ！

『『「!?」』』

ポテチが割れる軽快な音がする。

『うんまいっち！』

『これは美味しいねぇ』

「パリパリだぁ～！」

モチ太とハクとルビィの顔がうっとりととろける。

うんうん、だよね！　美味しいよね。

『ん！　うま』

ちなみにルリは、ポテトチップスを美味しそうに頬張りながら、口に運ぶ手が止まらない。

ポテトチップス、僕の想像の何倍も美味しかったな。

今日の料理も大成功で、皆に喜んでもらえて、とっても嬉しい！

第四章　一週間ぶりの再会！

時間は少し遡（さかのぼ）り、ヒイロたちが猫獣人の村を出た数時間後のこと。

虎獣人のジークは王都に戻ると、王宮にある王立騎士団の団長室で、大急ぎでやるべき仕事をこなしていた。

それもこれも、始祖であるヒイロに一週間後に会うためだ。

サクラ香木の取引をお願いしたが、それも口実の一つでしかない。

ジークはただ純粋に、ヒイロに再び会いたいのだ。

「ったく。なんでこんなに仕事があるんだよ。俺がしなくてもいいこともあるよな」

すると、コンコンッと扉がノックされる。

「ジークさん！　これはどうしたら？」

書類を持った部下が、団長室にやってきた。

「んん～？　これはこーやって……こう！」

「おおっ、なるほど。ありがとうございます」

（……ったく、これくらい自分で考えられないのか）

そう言ってしまいたい気持ちをジークはグッと我慢する。

一つの仕事を片付け、ホッとしたのも束の間で、すぐに新たな仕事がやってくる。

「ジークさん！　南の森でBランクの魔物が出たんですが、討伐に時間がかかっております。申し訳ないのですが、討伐の手助けをお願いできませんか？」

「……はいはい。わかったよ」

そんなこんなで、ジークの毎日は忙しい。

王立騎士団長。それも第一騎士団の団長。

獣人国の騎士団は、全部で八つに分かれている。

第一騎士団や第二騎士団は王族や国を守る仕事がメイン。

第三、第四と数字が増えていくごとに、重要度の高い仕事が減っていく。

この配属をどう決めるのか。それは単純だ。

強いものが上にいく。実にわかりやすいシステムで配属が決まっている。

ジークはそんな中で、一番強い猛者たちが集う、第一騎士団の団長をしているのだ。

それが意味するのは、ジークが王国一の強さだということ。

ジークが魔物討伐に出発しようと、団長室を出た時。

後ろから声をかけられ呼び止められる。

「ジークさん！　教皇様がお呼びです。至急王城に向かってください」

「はぁ？　俺は今から魔物を狩る予定なんだが？　魔物討伐より教皇の用事が優先なのか？　あとでいいだろ？」

「私もそう思いますが……そうはいかないので、教皇様のほうに行っていただけますか？」

部下の言葉にジークは大きなため息を吐く。

「はいはい。わかったよ、行きゃいいんだろ」

「はい！　すみません、よろしくお願いします」

部下は申し訳なさそうに深々と頭を下げた。

「自分は討伐の補助に向かいます！」

そして、そう言いながら、走り去っていった。

なんで国民を守るための魔物討伐より、教皇に会いに行くのが最優先なのかと、ジークは納得できないまま、王城に向かった。


「遅いではないか！　ワシらを待たせるとは」

謁見(えっけん)の間にある豪華な椅子に座る国王の横で、華美な式典服を着た教皇が、ジークを睨む。

「魔物討伐など、仕事が山積みでして」

「……むっ。そっ、それなら許そう」

少し納得いかないようだが、魔物討伐を理由にされたら何も言えない。教皇は言いたかった文句をぐっと呑み込む。

「それで？　魔物討伐よりも大事な用事ってのは、一体なんですかね？」

「そろそろ猫獣人の村におる忌み子を公開処刑しようと思ってな」

「はっ⁉　何を言って……？」

教皇の言葉に、ジークの声が思わず裏返る。

「ああ……そうか。ジークは以前の処刑の時、まだ生まれてなかったから知らんか。忌み子はのう、誕生すると、見せしめとして公開処刑するのが、獣人国の昔からの慣わしなのだ」

そう話しながら、怪しく笑う教皇。ジークの顔はどんどん歪んでいく。

「今まではその忌み子の祖父が、元第一騎士団長ってのもあって、なかなか手を下せなかったが、やっと死んでくれたんでな。今が丁度いいタイミングなのだ。そうですな、陛下」

「……うん。そうだね」

まだ若い国王は言われたままに頷く。

獣人国の国王は二年前に代替わりしたばかりだ。現国王は十六歳の若さで国王になった。

この若き王の後見人として選ばれたのが、このプルー教皇なのだ。

もはや獣人国の政権を握っているのは、国王ではなくプルー教皇だと陰で言われている。

「いいアイデアだろう？」

プルー教皇はジークからの共感の言葉を待つ。

「なるほどなぁ？　ですが、私は元第一騎士団長ヨミから孫の後見人になってくれと頼まれています！　私の目の黒いうちは、公開処刑など断じてさせません！　では失礼します」

ジークは扉を勢いよく閉め、部屋を出ていった。

「え？　なんで？」

その言動に驚き、プルー教皇は目を見開き、固まった。

（ルビィを公開処刑だと⁉　クソ教皇は何を言ってやがる。ヨミさんが以前言っていたように、先代の王が死んでから獣人国のトップは腐ってしまったのかもしれない）

ジークの怒りは収まらない。考えれば考えるほどに、怒りが込み上げてくる。

（国民を守るのが偉い役職に就く者の務めだと、ヨミさんから口を酸っぱくして教えられた。それなのに、あいつは……人を処刑するのを、楽しむように笑いながら決めやがって！　ふざけんな）

ジークはあまりの怒りに、目の前にある壁を思い切り蹴りとばし、崩壊させてしまった。

「わっ！　思わずやっちまった」

その音に人々は驚き、魔物が王城に攻め込んできたと勘違いしてしまったのだった。

★　★　★

ジークさんに渡すサクラ香木、結構集まったな。

僕は《アイテムボックス》に入ったサクラ香木の数を確認していた。

だって今日はジークさんとの約束の日。

こんなに必要ないかもしれないけど、あるに越したことはない。

必要なかったとしても、僕も燻製で使うしね。それに皆燻製大好きだし。

ん？　そうだ！　忘れるところだった。

ローブで、このふわふわ毛を隠さないと。
仮面は視界が悪くなるから、着いてすぐにつけたらいいよね。
「そろそろ行こうかな？　ルリとルビィ、準備はいい？」
『ん。余裕』
「僕も大丈夫」
皆朝食を食べ終わったみたい。
モチ太だけは、まだおかわりの唐揚げを食べている。
皆はもう食べ終わってるのに、なんて食い意地。
あの小さな体のどこに入ってるのか不思議。
ルリがドラゴンの姿に変身し、僕はルビィと一緒にルリの背中に乗る。
「じゃ、いってきます！」
『いってらっしゃい』
『わりぇ、夜ご飯は魚がいいっち！』
ハクとモチ太が洞窟の外まで見送りをしてくれる。
モチ太……もう夜ご飯のこと言ってるし。
『行く』
ルリがそう言った次の瞬間、空高く舞い上がり、ものすごい速さで空を飛ぶ。
でも、この前ルビィが気絶した帰りの時の速度よりは遅い。

気を遣ってくれてるんだよね。ルリは優しいから。

三回目なので、このすごい風圧にも慣れてきた。もう景色が余裕で楽しめる。

空から見る森が本当に綺麗で、見ているだけで幸せ。

そんなことを思いながら、景色を楽しんでいたら、いつの間にか猫獣人の村に着いていた。

『着いた』

「ルリありがとう、お疲れ様」

僕は《アイテムボックス》から、余分に作っていたポテトチップスを取り出し、ルリに渡す。

『ふふ♪』

ルリはニコニコ微笑み、幸せそうにポテトチップスを頬張る。

パリッといい音が鳴り、僕も食べたくなって一緒に食べた。

「ルビィも食べる？」

「ん……ありがとう。でも僕は大丈夫」

前よりはマシだけど、ちょっと気分が悪そうだ。

どうやら空の旅で酔ったみたい。

ルビィの体調が楽になってから、猫獣人の村に行こうかな。

しばらくして、ルビィが元気になったので歩いて猫獣人の村に向かう。

「ヒイロ様！　お待ちしてました」

猫獣人の村に着くと、入り口でジークさんが待っていて、こっちに走ってきた。

大きな声でヒイロ様と言われるのは少し目立つな。

「これ！　どうですか？　言われた通りに仕上がったと思うんですが」

ジークさんは僕がお願いしていた燻製器を抱えている。

「わぁ！　これっ！　そうそう。イメージ通り。ジークさんありがとう！」

「そんな、礼には及びません。このジーク、ヒイロ様に、喜んでいただけて幸せです」

ジークさんが、一旦燻製器を地面に置いてから、右手の拳を心臓のところにドンと当てる。

そんな風に言わないで……なんだか恥ずかしい。

とりあえずここでは目立つから、騎士団の寄宿舎に早く移動しないと。

「ジークさん、ここでは注目されちゃうので、騎士団の寄宿舎に移動しませんか？」

「ああっ！　これは気が利かずにすみません。さっ、移動しましょう」

ジークさんの言葉を聞いてホッとする。

よかった。いつの間にか猫獣人たちがたくさん集まってきていた。

そして、ルビィのことを嫌な感じの目で見るんだ。見ていていい気はしない。

皆で急いで騎士団の寄宿舎に移動した。

「さて、この謎の道具の使い方を教えてもらえますか？」

「この道具を使うと、簡単にこの前食べていただいた燻製が作れるんですよ！」

本で読んだことがあるから、使い方はバッチリのはず。成功してくれるといいなぁ。

「その前に、まず動作確認させてくださいね」

「もちろん」

長方形の箱型で、一メートルくらいの長さかな？

思っていたより大きいけど、小さいよりはいいよね。

だってたくさんの燻製が作れるから。

中はどうなっているのかな？　僕は燻製器の扉を開け、中を見る。

すると、下はサクラ香木を置く場所、そして上は肉や魚を吊るせるようになっていた。

うん！　バッチリ。

「ではジークさん、この道具を使って燻製を作りますね」

「はい！」

僕はジークさんに説明しながら魚や肉を吊るしていく。

燻製器にセットするために、ルリに頼んで、チップ状に砕いた香木も前もって用意しておいた。

サクラ香木に火をつけるのを、どうしようかと思ったんだけど、生活魔法というのがあり、ジークさんがそれを使って、火をつけてくれた。

生活魔法で出る火は、前世でいうところのライターの火のレベル。便利だなぁ。

火をつける魔導具もあるんだとか。それも欲しいなぁ。火をつける時はいつもルリにお願いしているから……

「あとは、蓋を閉めて一時間ほど待つと、完成です」

「ほう……待っている間もワクワクしますね。ではその間はお茶を飲んで話でもしますか」

ジークさんが、また甘〜いお茶を淹れてくれた。

ルリの瞳が輝く。ルリはこれ大好きなんだよね。

「ジークさん、お茶のお礼に、これ食べてみてください」

僕は《アイテムボックス》から、ポテトチップスを取り出し、お皿に並べた。

「……これは？」

ジークさんが不思議そうにポテトチップスを見ている。

「まぁ、食べてみてください」

僕がそう言うと、ジークさんは恐る恐るポテトチップスを手に取り、口に入れた。

パリッ！

「！」

パリパリッ！

「なんだっ、これは⁉　こんな食べ物、初めて食べました！　ああっ、手が止まらない！」

ジークさんは、お皿に並べたポテトチップスを、あっという間に食べてしまった。

「もうなくなってしまった」

ジークさんが寂しそうに、空になったお皿を見つめている。

よかった。ジークさんも気に入ってくれたみたい。

ふふふ。ポテトチップスはみんな大好きだね。

皆で楽しくお茶をしていたら、あっという間に時間が経った。

もうそろそろ一時間経つよね。

燻製……上手く完成してるといいなぁ。

僕はドキドキしながら、燻製器の扉に手をかけた。

そのすぐ後ろで、ジークさん、ルリ、ルビィが、ソワソワしながらその様子を覗いている。

扉を開くと、モクモクモクっとサクラ香木の煙が出てくる。

「ふわぁ……いい香り」

僕は出てきた煙を大きく吸い込んだ。

そして、その中には――

いい感じに燻された魚や肉が、まるで『美味しいよ』と言ってるかのように、艶々（つやつや）と輝いてぶら下がっていた。

「うわぁー！　いい照りだ、これは成功かな」

そう言いながら、お皿に魚と肉を取り出し、食べやすい大きさに切り分ける。

「どうぞ、味見してみて？」

僕がそう言うと、皆の手がいっせいに皿に伸び、肉や魚を取っていく。

まず僕が一口食べる。

「うんまああああっ！　これこれっ！　夢にまで見た味」

『ん♪』

「美味しいね！」

「なんだこれは！　美味い！」

ルリ、ルビィ、ジークさんがく口々に言う。

燻製を口に運ぶたび、皆の顔がへにゃりと崩れる。

その顔を見ているだけで、僕まで笑顔になっちゃう。だって嬉しいんだもの。

「サクラ香木とこの道具があれば、毎日この美味い燻製が食えるんだよな。なんて最高な道具を考えるんだ！　流石ヒイロ様だ」

ジークさんがサクラ香木を握りしめ、独り言をぶつぶつと言っている。

何を言ってるのかまではよく聞こえないけれど、なんだろう……ちょっとだけ怖い。

「それで、サクラ香木のお値段なんですが。これくらいの量で、金貨十枚でどうでしょう？」

ジークさんが机の上に並べたサクラ香木を見て言う。

「うんうん……え⁉　これ一本が⁉」

「そうですよね。少し安いかもしれませんが……何せ目新しいものですから、ひとまずはこの価格でどうでしょう？」

僕は集めてきたやつ全部で金貨百枚分のつもりだったんだけど、これ一本で金貨十枚なら、ものすごい値段になっちゃうよ……

僕の反応を反対の意味で受け取ったようで、ジークさんが耳をペタンと下げて、ものすごく申し訳なさそうな顔をする。

「いやいやいや!?　その逆です！　高いと思って……」

だって拾ってきた木の枝だよ？　しかもこの量……

それが金貨十枚って、いくらなんでも取りすぎでしょ？

「そんなことないです。詳しく調べてみたら、このサクラ香木はどうやら高ランクの魔物が生息している場所にしか、生えないんです！」

「え？　そうなの？」

「そうなんです！　なので安くはないんです。まずそんな恐ろしい場所に、我らは近付くこともできないんですから」

なるほど……ハクたちがいる場所に誰も近付けないのなら、いい食材が他にもたくさんあったりするのかな？

この前見つけたコンソメ味のキノコもそうだし。

これはもっと森の探索をしないとだね。ふふふ。想像したらワクワクしてきたや。

「それで……とりあえずはここにあるだけサクラ香木を譲っていただけたらと思いまして……」

「ほい。もちろんです」

そういえば、何げに異世界に来てから初めてのお金ゲットだ！

この調子でたくさん稼ぐぞ〜！

「じゃあ、これで取引成立ですね。ヒイロ様ありがとうございます」

「こちらこそ……ありがとうございます」

ジークさんは僕が机に並べたサクラ香木を、宝物を扱うかのように、幸せそうに笑いながら袋に入れていく。

僕はというと、ドキドキしながら大量の金貨が入った袋を、《アイテムボックス》の中に入れた。

こんな大金持ったことないから、緊張で変になりそう。

そんな時。部屋の外が騒がしくなった。

「ん!? ヒイロ様ちょっと失礼します」

ジークさんが慌てて部屋の外に出ていく。どうしたのかな?

何かあったんだろうか。

この部屋に知らない人が入ってくるかもしれないので、僕は外していた仮面をつけた。

『だいじょぶ?』

いきなり仮面をつけた僕の気持ちを察知したのか、ルリが心配そうに僕の手を握る。

それだけで不安だった心が穏やかになっていく。ルリありがとう。

「知らない人が入ってきたら困るから、念のためにつけてるんだよ」

『ふうん、そっか』

ルリが納得したように頷く。ルビィも不安なのか、下を向きソワソワしている。

僕がルリにしてもらったように、ルビィの気持ちを和らげてあげようと、ソファーから立ち上がった時、扉がバァンッと勢いよく開いた。

「んん⁉　なんだぁ？　ガキしかいねえじゃねえか」

中に入ってきた大きな獣人が、キョロキョロと部屋を見回している。

この人は熊獣人……かな？

ジークさんと同じような服を着ているから、騎士団の人なんだろうな。

「だから言っただろ？　そんな女なんて囲ってねえって！」

ジークさんが呆れた顔で言う。

「おっかしいなぁ……一週間くらい前からずっとニヤニヤしてさぁ？　今日だって、猫獣人の村に行く日ではないのに、無理やり休暇取って来てるしさ。堅物(かたぶつ)で女に興味のないジークにとうとう春が来たのかって思ったんだけどな」

熊獣人さんは再び僕らを見て、大きなため息を吐く。

「それが……こんな仮面つけた変わったガキに会いにきてただけなんて」

「なっ⁉　おいクリス、今なんて言った？　ヒイロ様のことを、ガキだと？」

ジークさんがクリスという熊獣人さんの胸ぐらを掴む。

「へっ⁉　ジッ、ジーク？　どうしたんだよ？　おまっ、なんか変だぞ？」

「何がだ？　変なことなど一切ない！　ヒイロ様のことを変わったガキ呼ばわりしやがって！　土下座して詫(わ)びろ！　いやっ……その丸い尻尾を切り落として詫びろ」

なんだかジークさんがとんでもないことを言い出した。

そんなことくらいで、尻尾を切り落とすなんて怖いことしなくていいよう！

「ジークさん！　僕は全く気にしてないので、土下座しなくていいです。尻尾も切らないでください！」

「なっ……なんと慈愛に溢れておられるのか」

ジークさんは、僕に向かって腰を九十度にまで折り、お辞儀をすると、クリスさんのほうをジロッと見た。

「よかったな、クリス。ヒイロ様が優しくて」

「いやいやいや、ジークよ。お前色々とおかしいことに気付いてねーのか？　なんだあのガキっいい!?」

ジークさんが思いっきりクリスさんの足を蹴った。

「いいか？　クリス、二度目はないぞ？　ヒイロ様だ！　わかったな？」

クリスさんは足を押さえながら何度も頷いた。

「それでだ。お前は仕事をサボって、俺のあとをついてきてたのか？　いい身分だな？」

「いやっ、そうじゃなくてだな。依頼があったんだよ！　村の中に誰も近寄れない場所があるから、確認してくれって！　それで、俺が見てくるって出てきたんだよ」

「へぇ～……第二騎士団長でおられるクリス様が、そんな雑用のために直々にねぇ」

「いやっ……それはだな」

熊獣人のクリスさんは、頭をポリポリと掻きながら目を逸らす。

クリスさんも、騎士団長なんだ。

でもその人がジークさんに睨まれ、大きな体を小さく丸め、縮こまっている。

ジークさんってちょっと変だけど、すごい人なんだなぁ。

「しかし……近寄れない場所って？　この前来た時はそんな場所なかったぞ？」

「いや、この村の外れにある場所らしい」

ん？　村の外れ？

もしかしてそれって、ルビィの家の周りじゃ!?

ルリが結界を張ったから近寄れないんじゃ……

「じゃあその場所に俺も行ってみるか。ヒイロ様、少しだけここで待っていていただけますか？」

「ええと……僕もその場所に一緒に行っていいですか？」

「へっ？　それはもちろん！　何かあったらこのジークが全力でお守りいたします！」

ジークさんはそう言って、また右手の拳を心臓のところに当てた。

そんな大袈裟な……

『ヒイロ？　なんで行く？』

「多分だけど、入れない場所ってルビィの家のことだと思うんだ。ルビィも家に行きたいと思うから丁度いいと思って」

ルリが不思議そうに聞いてきたので、ジークさんとクリスさんに聞こえないように、こっそりと伝える。

『ん。了解』


ジークさんとクリスさんのあとをついていくと、やはりルビィの家がある場所に向かっている。

「この先って僕の家じゃ……」

僕の後ろで、ルビィが心配そうに口を開く。

「やっぱり……当たってた」

「え？　ヒイロ様……今何か言いましたか？」

僕の呟きに、前を歩いていたジークさんが振り返る。

「え？　いやっ、何も！」

「そうですか？」

「ジーク！　この先から行けなくなってるみたいだな」

しばらく歩くと、クリスさんが結界の入り口で立ち止まる。

そこには二人の猫獣人が立っていた。そのうちの一人に見覚えのある顔が……

あれって……もしかして？

「お兄ちゃん……」

ルビィが猫獣人を見て、小さな声で言う。

やっぱりそうだ！　前にルビィの家で会った時に、一人で我先にと逃げた猫獣人！

ルビィの顔がみるみる青ざめていく。

「ルビィ、大丈夫！　僕がいるから」

『ん。ルリも』

僕とルリの間にルビィを挟み、手をぎゅっと握る。

「ルリ、ヒイロありがとう」

僕の手を、ルビィが力強く握り返してきた。

「心配かけてごめんね。僕のお兄ちゃんとお母さんがいて……昔を思い出しちゃって」

「え？」

もう一人の猫獣人はルビィのお母さんなの？

「二人とは一緒に住んでいなかったんだ。忌み子の家族だと思われたくないんだって。僕の見た目は気持ち悪いから仕方ないんだ」

ルビィは悲しそうに空を見つめる。

それって……虐待って言うんだよ！

僕はルビィじゃないけど、それがどれほど悲しいのかわかる。

忌み子って村の皆から虐げられて、味方であるはずのお母さんも守ってくれなくて……想像するだけで……泣きそう。

『よしよし』

ルリが僕の頭を撫でてくれる。泣きそうになってたの、バレちゃったかな。

「ルビィたちはここでちょっと待ってろ。話をしてくる」

ルビィの様子に気が付いたジークさんが、僕たちに待つように言って、猫獣人の親子とクリスさんに近付いていく。

「ええと……？　あなたたちはどうしてここに？」

クリスさんが、女性の猫獣人に話しかける。

「ああクリスさん！　この奥にある家は、元騎士団長である父の家なんですが、古くて誰も住んでいないので、処分したいんです」

そう言って瞳をうるうるさせて、ルビィのお母さんだという猫獣人は、クリスさんに甘えるように寄りかかった。

何を言ってるの？　ルビィとおじいさんの思い出の家を処分!?

僕はこの家の中でお茶を飲んだけど、全然古くないし！

なんならそこにいるルビィのお兄ちゃんが家を壊したんだよね？

「ええと……ヨミさんの家を処分する？」

ジークさんが頭を掻きながらぶっきらぼうに返事をする。

「へっ？　ええ、さっきからそう言っていますが？」

ルビィのお母さんが意味がわからないというように、首を傾げる。

その様子を見たジークさんは、余計にイライラしたみたいだ。

「はぁ……あのさ、この家の権利はお前らにあるのか？」

そう言って、ルビィのお母さんとお兄ちゃんを睨む。

「は⁉」

「え？」

ジークさんにギロリと睨まれるわ、お前ら呼びされるわで、親子は目をまんまるにして驚いている。

「この家の権利は全て、孫であるルビィに譲渡されている。お前らが勝手にこの奥にある家を処分していいわけがないだろ！　何を勝手なこと言ってるんだ？」

ジークさんはそう言いながら、二人に近付き威圧する。

ルビィのお母さんはそれにビクッと反応したあと、少し離れたところで様子を見ていた僕たちにやっと気が付いた。

そして、ルビィのことをチラッと見て、再び話し始めた。

「え……そっ、そうかもしれませんが、そいつは忌み子ですし……」

ルビィのお母さんから発された、忌み子という言葉に、苛立ちを隠せないジークさん。

その気持ちは僕も同じ。そんな言葉なくなったらいいのに。

「だから、なんだってんだ⁉　俺はヨミさんから、ルビィの後見人になってくれと頼まれている。処分するなら、第一騎士団長の俺を通してくれ！」

ジークさんはそう言って睨んだ。

「わかったな？」

「いやっ……」

ルビィのお母さんが反論しようとした次の瞬間。

ジークさんは腰に下げていた剣を鞘から抜くと、ルビィのお母さんの喉元に突き付けた。

「これで喉を切り裂いてほしいか？」

「ひいいいいいいいいっ！」

ルビィのお母さんたちは、尻尾を丸め、転がるように逃げていった。

はぁ……なんだったの。

「ったく、なんだってんだ」

逃げていくルビィのお母さんとお兄ちゃんの姿を、クリスさんは呆れた目で見ている。

「嫌な連中だぜ……」

「ああ……まさかヨミさんの家を壊そうとするなんて！　ありえない。俺があの方に……どれだけ世話になったと思ってんだっ、クソが」

二人が家を壊そうとしたことを、クリスさんとジークさんは怒っている。

ルビィのおじいさんって人徳のある素晴らしい人だったんだろうな。

ジークさんやルビィを見ていると、よくわかる。

「それでこの先には入れないって……本当か？」

クリスさんがスタスタと、家があるほうに向かって歩いていく。

「大丈夫じゃっ……だ!?」

途中、見えない壁に当たったクリスさんが、不思議そうに何もないところを叩く。

「なんだこれ？　本当に見えない壁がある」

「ふん、なら……力尽くで通るまでっ！」

ジークさんが助走をつけて、思いっきり走っていく。

「オラオラオラッ……どぉぉ!?」

すると、あるはずの壁が消え去り、ジークさんは勢いよく転んでしまった。

何が起きたのか理解が追いつかず、キョトンとしている。

「はえ？　壁が消えた？」

そんなジークさんを、ルリが『ププッ』と笑いながら、楽しそうに見ている。

ルリのイタズラだな。ちゃんと説明しないとだね。僕はジークさんとクリスさんに、ルビィのお兄ちゃんに家を壊されたことや、結界のことを話した。すると二人は固まってしまった。

「結界魔法だと!?　それも誰も入れない強力な結界!?　そんなの使えるのは伝説の始祖様か、過去に存在した大賢者様くらいだ。今も獣人国に魔導具を使った結界が張られているが、それだって始祖様が作った魔導具だ」

「そんな結界が張れるなんて、流石、始っ……ヒイロ様だ！」

クリスさんとジークさんが興奮気味に言う。

ジークさん？　始祖様って言いかけたよね？

それに結界を張ったのはルリで僕じゃない。そう言おうとしたら、ルリが僕の服を引っ張り、首を横に振った。

『そのまま。そのほうが面白い』

「え？　ルリ？　今面白いって言った？」

『ん？』

ルリはルビィのところに走っていき、尻尾と戯れている。むむ、はぐらかされた。

はぁ……それにしても、始祖様の話を聞けば聞くほど、驚くことばかりだ。

それと同等のことを、軽くやってのけるルリも流石だけどね。

このあと、みんなでなんでもない話をしながら、ルビィの家に入った。

ルビィの尻尾がご機嫌に揺れているので、嬉しさが伝わってきて、ついニヤついてしまう。

その顔をルリに見られて、『ププ。顔が変』って笑われたけど。

「せっかくだからみんなにお茶をご馳走するね」

ルビィが嬉しそうに台所に向かう。

大きなジークさんとクリスさんがいるからか、部屋が狭く感じる。

「ほう……このハーブティー、なかなか美味しいな」

クリスさんがお茶をゴクリッと飲む。

「ふふ。おじいさんが大好きな味だったんです」

「なるほど、ヨミさんの好きな味か。それを飲めるのは嬉しいな」

クリスさんが嬉しそうにお茶を飲む横で、ジークさんはポケットから取り出した砂糖をお茶に入れていた。

「また、お前はっ……よくそんな甘いのが飲めるな」

「これが美味いんだって！」

それを見たルリが自分のカップを差し出し、入れろとアピールする。

『ん！』

「ほらみろ。こっちのほうが人気なんだよ」

「はぁ……よくわからん」

クリスさんが頭を横に振って、やれやれとジェスチャーする。

「あははははっ」

その様子を見ていたルビィが声を出して笑う。

「ルビィ、ヨミさんが亡くなってから、そんな風に笑うことなかったのに……そうか、よかったな」

ジークさんが泣きそうになりながら、ルビィの頭を撫でる。

「うん。僕ヒイロたちに出会えて……本当に幸せなんだ」

その笑顔が眩しくって、なんだか僕まで幸せで、胸いっぱい。

「あのね僕……今日はこの家で寝たいと思うんだ。おじいさんにこの家を出るんだって、ちゃんと報告する。だってヒイロたちと一緒に暮らしたいから」

「僕たち、今日の夜は帰らないと……流石に毎回泊まるとハクが心配するし、モチ太にご飯も作ってあげないといけないしね」

ルビィの気持ちは嬉しいしわかるけど、一人でここいるのは危険だ。

また猫獣人たちが襲ってくるかもしれないし、どうしたら……

「安心してください！　今日は休みですし、私がルビィと一緒に泊まって守りますので」

「ジークさん、いいの？」

「ああっ。ちゃんとヨミさんとお別れしたいんだもんな？」

ジークさんはそう言って、ルビィの頭にポンッと手を乗せる。

「……うん」

「じゃ、明日また来るからね。ジークさん、ルビィをお願いします」

「はい。任せてください」

ルビィに手を振り、家を出て少し歩いたところで、ルリがドラゴンの姿になる。

『ん、帰る。念のため、《結界》』

そう言って、ルリが家の周辺に手をかざす。どうやらまた透明の結界が張られたみたい。

これで安心だよね。

★　★　★

「ただいまぁ……ふぅ」

『帰った』

ルビィを乗せていないから、行きの倍の速さで、僕たちは飛んで帰ってきた。

どうにか落ちないようにと、必死にしがみついていたんだけれど、ルリから降りると足がプルプルと震え、立っているのがやっとだった。

何これ！　僕の足、生まれたての子鹿みたい。

『ププ、ヒイロ、変』

「しょうがないの！　立ってるだけで足が震えちゃうんだから！」

そんなやりとりをしていたら、洞窟から爆煙が上がる。

あれは……

『遅いっち！　わりぇは待ちくたびれたっち。魚っち！』

モチ太がものすごい勢いで走ってきたと思ったら、プリプリと怒っている。

魚を食べさせろと、前足で僕の足をテチテチッと叩くんだけど、その仕草が可愛い。

「もう……わかったよ。魚が食べたいんだよね」

『そうっち！　美味いやつっち』

魚料理かぁ。何がいいかな？

燻製はお昼にジークさんたちと食べたし、シンプルに塩焼きにして食べようかな。

新たな調味料を発見したいんだけど、もう遅いしね。

明日ルビィを迎えに行って、帰ってきたら森の探索に行こうかな。

『おかえり。モチ太が腹が減ったって、洞窟で暴れて大変だったよ……あれ？　あの子はどこさね？』

ハクがやってきて、ルビィがいないことに気付き、キョロキョロと辺りを探している。

僕がその理由を説明すると『なんだ、それなら安心したさね』と言って、洞窟に戻っていった。

ふふふ……ハクは優しいなぁ。

さて、早速料理を作るぞ。

こうやって外で料理を作るのは、キャンプをしているみたいでワクワクするんだけれど、毎日ってなるとちゃんとしたキッチンが欲しいよね……あと家も。

まずは料理を作る場所……そうだなぁ、釜戸（かまど）とか作りたい。

今は火をおこす場所の周りを、石でグルリと囲って、その上に平べったい石を置き、そこで調理している。

簡易にしては、意外と使い勝手がいいんだけど、ちゃんとした調理場が欲しいなぁ。

でもまぁ、今はモチ太がお腹を空かせているから、キッチンを作るのは後回しだ。

そうだ。今日は、コンソメ味のキノコを使って、お肉のスープと焼き魚を作ろう。

煮込まれて柔らかくなったとろけるお肉のスープと、素朴な味付けの焼き魚。

美味しいに決まってる！

「ふふふ。楽しみ」

『何？　楽しみ？』

「美味しい料理ができることを想像して、ワクワクしてたの」

『そう、ワクワク』

ルリが僕の真似をして、ワクワクと言いながら楽しそうに走り回っている。

『まだっち？　いい匂いがして、わりぇはもう限界っち！』

モチ太が僕の足元をクルクルと回る。

「わっ、モチ太、邪魔しないでっ。料理作るの遅れちゃうよ？」

『遅れっ……ぬう。わかったたっち』

早く食べたいのか、モチ太はお座りして出来上がりを待っている。

口からは滝のようなヨダレが垂れているけど。

そうしていれば、可愛い真っ白のポメラニアンにしか見えない。

これが最強のフェンリルだなんて、この世界の人たちはこの姿を見て怖いって思うのかな？

騙されちゃいそうに思えるんだけど。

「よし、できた！」

料理が完成したので、お肉のスープと焼いたお魚を、お皿に並べていく。

『いい匂い』

『今日のご飯も美味しそうだね』

『美味そうっち！　美味そうっち！　わりぇに早くよこすっち』

ルリとハクとモチ太が目を輝かせる。

相変わらずモチ太は騒がしい……お皿を渡すと、静かになったけど。

さてと、食べるぞ！　まずはスープから……

なんだかキラキラと輝いて見える。

スプーンですくって、そのまま口に入れると——

「んっ⁉」

ふわぁぁぁぁぁぁぁっ！　口の中が幸せだよう。

お肉がほろほろになってて、噛まなくても溶けていく。

お肉とコンソメの出汁が合わさり、最強の味に仕上がっている。

これなら何皿でも飲めちゃう。

モチ太とルリとハクを見ると、無心でスープを飲んでいた。

『美味いっち！　こんな美味い水は初めて飲んだっち！　熱い水って美味いっちね』

ええっとモチ太、これは熱いからじゃなくて、味付けされたスープだから、美味しいんだよ？

これは、すぐにおかわりを欲しがりそう。

『おかわりっち』

『ん！』

あはは、やっぱり！　モチ太とルリがお皿を持ってきた。

少し遅れて、ハクも空のお皿を出してきた。

第五章　ルビィはどこへ？

『ヒイロ！　ヒイロ』

「ん……むにゃ？」

深夜、洞窟で眠っていたら……ルリが僕の体を揺らす。

「え？　どした……の？」

僕は眠い目を擦りながら、ゆっくりと起き上がる。

『ルビィの家、結界が解かれた！』

「え!?　ルリが張った結界が!?」

『ん、おかしい。一部に穴が開いた、感じ』

「なんだって!?」

それって……誰かが、無理やりルビィの家に侵入したってことでしょ!?

『見に行く』

「うん！」

どうしよう、心臓がバクバクして苦しい。ルビィとジークさんに何かあったら……

お願いだから無事でいて！

「よし！　じゃあ急いで行こう！　あっ、でも外は真っ暗なのに……空飛べる？」

『ん。見えにくいけど、だいじょぶ。ルビィ、心配』

「わかった。無理しないでね」

僕たちが洞窟から出て、飛び立とうとした時。

『なんだい騒がしいねぇ？　こんな夜更けにどこ行こうってんだい？』

『うるさいっち、目が覚めたっち』

ハクとモチ太まで洞窟から出てきた。モチ太は大きな欠伸をしている。

「それがね、ルビィの家で何かあったみたいなんだ！　ルリのかけた結界が壊されてっ……ゴクッ。そそっ、それで僕とルリで見に行こうとしてるの！」

『落ち着きなヒイロ。それは心配さねぇ。でもなルリ、お前はまだ夜目が利かなくて、上手く飛べないだろう？　いつもの何倍も時間がかかっちまう』

ハクがため息を吐きながら言う。

そうなの？　なのにルリは飛ぼうとしてくれてたの？

だから、ハクは夜遅く帰ることを心配してたんだ。

『でも、平気』

『だが、無理してヒイロまで怪我したら、どうするんだい？』

『ぬ……』

ルリはハクに言われて、唇をキュッと噛んだ。悔しいんだろうな。

『私が連れていってやろう。私もあの子が心配だしね』

そう言うと、ハクは大きなドラゴンの姿になった。

「ふあぁぁっっ!?」

この姿を見るのは初めて会った時以来だ。あまりの美しさに、変な声が出ちゃった。

『さぁ、背中に乗りな。私なら一時間で着くさね』

『わりぇも行くっち、あいつは弟分っち。親分が助けてやらんとだっち』

鼻息荒く、モチ太までハクの背中に飛び乗った。

『じゃあ行くよっ』

次の瞬間。ハクの翼が大きく広がり、空高く舞い上がった。

僕はギュッとハクにしがみついた。

だってハクはきっと、ルリの何倍も速く飛ぶだろうし、風圧で飛ばされちゃわないようにしないと。でも……あれ?

早い速度で飛んでいるはずなのに、風を全く感じない?

『はははっ。ルリと違うかい？　ルリはまだできないからねぇ』

僕がキョトンとしてたら、ハクが豪快に笑う。

『ほう？　こんな簡単な魔法ができないっち？　ププ』

『むっ！　ハク、モチ太うるさい、もうすぐできる！』

ルリが頬を膨らませて怒っている。

しばらく経ってから、ハクが教えてくれたんだけど、これは動く空間の結界なんだって。

だから風圧も全く感じないいんだとか。すごい。

ルリはまだ止まっているものにしか、結界が使えないらしい。

『ドラゴンの子供って意外と大したことないっちね！』

モチ太がまだルリをバカにして笑っている。困ったフェンリル様だ。

「モチ太、それ以上ルリのことをバカにするなら、おやつは抜きだよ？」

『えええええっ!?　いやっち！　それはいやっち！　もうしないっち。まだ子供なのに、魔法も使えて、空も飛べるなんてすごいっち！』

モチ太の尻尾がシュンっと下がり、慌ててルリにゴマをすっている。

おやつの効果は絶大だなぁ。

『ハク、ここ！』

『わかった。下りるよ』

ルリがルビィの家を指さし、そこに向かってハクが飛んでいく。

本当に一瞬で着いてしまった。ハクってすごい。

着地した途端、地面に飛び下りて家に走る。

「ちょっと待って!?　これって」

ルビィの家のドアが壊されている。

慌てて中に入ると、テーブルも壊されていて、ルビィもジークさんの姿もない。

何が起こったの⁉　どうやってルリの結界に入れたの⁉

『何、これ。ルビィとジークは？』

『派手にやられてるっちね』

壊れたルビィの家で呆然と立ち尽くしていると、ルリとモチ太と人の姿になったハクが入ってきて、ハクが僕の頭を優しく撫でた。

『どうやら……魔導具を使って、結界の一部を壊したようだね。ルリの結界を解くのは難しいけど、一部を壊すなら、魔導具で可能さね』

「じゃあ二人は誰かに連れ去られたの⁉」

『おそらく、そうさね』

そんなっ⁉　どこを探せばいいの⁉

『結界を壊す魔導具なんて、金持ちの貴族や王族しか持ってないさね。きっと王都に連れ去られたのさ』

「王都……」

『だが王都も広いからねぇ……』

場所がわかっても、ルビィとジークさんがどこにいるのかまではわからない……

心配で胸がバクバクと早鐘を打つ。立っているのがやっとだ。

『仕方ないっちねぇ。わりぇの鼻なら、弟子の居場所なんて余裕でわかるっち』

モチ太が前足でテシっと地面を叩き、僕を見てドヤ顔をする。

ルビィたちの居場所がわかるの⁉

「流石、モチ太！　犬だから鼻が利くんだね」

『なっ！　わりぇは王だからできるっち！　犬なんて下等生物と一緒にするなっち』

嬉しさのあまり、僕はモチ太を抱きしめる。

「うんうん。そうだったね。王だね。モチ太ありがとう」

『わっ、わかればいいっち』

よかった……これで二人のところに行ける。

ルビィ、ジークさん、待っててね。

★
★
★

昼間、ヒイロとルリが森へ帰るため部屋を出て、しばらく経った頃。

「じゃっ、俺は王都に帰るわな」

クリスもそう言って出ていった。

部屋の中は、ルビィとジークの二人だけになり、さっきまで騒がしかったのが嘘のようだ。

ゆっくりとした二人の時間が流れている。

それはなんだか……ルビィにとっては、懐かしい時間だった。

「ふふっ……ここにおじいさんがいれば、昔のまんまだね」

ルビィは少し寂しそうにお茶を飲む。

「そうだな。俺が第一騎士団長になってから、忙しくってなかなか遊びに来れなかったもんな」

「うん。たまに村に様子を見に来てくれることはあっても、家に来てお茶を飲むことはなかったもの」

ルビィの言葉にジークの顔色が曇る。

「そうだよな……今となっちゃ、それが悔やまれる。ヨミさんの最期にも立ち会えなかったからな」

ジークは騎士団長になった責任感で、仕事を最優先してきた。

そのせいで最愛の師匠、ヨミの最期にも立ち会えなかったのだ。

そのことが、今でも悔やんでも悔やみきれないのだろう。

「俺はもう後悔したくない。ルビィ、俺はな、ヨミさんからお前のことを託されたんだ。だから何があってもお前のことは絶対に守るからな」

突然のジークの言葉に、ルビィは涙が出そうになるのを必死にこらえ、満面の笑みで返事をする。

「ジークさん……ありがとう」

「ははっ、そんな顔で見るなよ。なんか照れくさいだろ？　さっ、もう寝るぞ？」

「うん」

「ルビィ！　起きろ！　様子が変だ」

「むにゃ……え？」

数時間後。ジークが寝ていてたルビィを叩き起こす。

その直後、家の扉が無理やり壊されて開いた。

「な⁉　なんだお前らっ！　……って、その服は教会の者か⁉　そうか……ってことはお前はプルー教皇の手下のロン司祭だな？」

ジークは自分の後ろに隠すようにルビィを庇う。

「あははっ。なんだバレちゃいましたか。私が用があるのは、あなたではなくその後ろに隠れている忌み子ですよ。さっさと渡してくれないと、あなたも痛い目に遭いますよ？」

ロン司祭の言葉で、ジークの眉間に皺が寄る。

「ほう？　第一騎士団長であるジーク様を痛い目に？　できるもんならやってみな」

ジークは剣を前に構える。一歩でも近寄ったら、いつでも細切れに切り刻まれるだろう。

しかし――

「え？　体が動かない……⁉　これは、麻痺しているのか……？」

ジークの体が固まって動かない。この状況をジークは理解できなかった。

なぜなら、ジークは《状態異常無効》のスキルを持っている。

麻痺になど、なるわけがないのだ。

「ははは、不思議でしょう？　状態異常の魔法が効かないはずのあなたが麻痺して動けないなんて」

「……っな？」

（なぜ、そのことを知ってるんだ）

ジークは問いただしたかったが、もう口も麻痺していてちゃんと喋ることもできない。

「もうすぐ意識が途切れるあなたに、教えてあげましょう。これは古代魔導具です。獣人国を救った始祖様が作ったものだ。この魔導具を使えば、どんな者も状態異常にすることができる。そして、最終的には意識を奪って戦闘できない状態にするんです」

「そっ……なものが……⁉」

驚き顔が歪むジークを見て、悦に入るロン司祭。

いやらしい顔で笑ったあと、さらに聞いてもいないことをペラペラと話し出す。

「この家を囲う小癪な結界も、それを使って壊したんですよ。始祖様はすごく便利なものを作ってくれましたね」

「うっ！」

始祖を小馬鹿にした言い方に腹を立て、殴りかかろうとするも……そこでジークの意識は途絶えた。

「くくく。邪魔する者もこれでいなくなりましたね。忌み子を回収しろ！」

「「はっ」」

「やだっ⁉　やめてよぉっ」

ルビィは逃れようと必死に暴れる。

その姿を見たロン司祭は汚物でも見るような目で、魔導具をルビィにかざす。

「うるさいですねぇ」

ルビィも状態異常となり、身動きを取ることができなくなってしまった。

「あがっ……」

途絶える意識の中、ルビィは最後にヒイロたちに会いたかったな、皆とご飯を食べたかったな、と考えた。

「さっ、急ぎますよ」

「「はっ」」

★　★　★

『じゃあ、わりぇについてくるっち！　下僕（げぼく）ども！』

フンスッと鼻息荒く、モチ太が尻尾をご機嫌に揺らしながら先頭を歩く。

……ったく調子に乗って。

次の瞬間。ハクのゲンコツが、モチ太の頭に落ちた。

『いいいいっだっ⁉』

『誰が下僕だい？　お前だけ歩いて王都に行くかい？』

『痛いっち！　何するっち！』

『はぁ……さっさと背中に乗りな』

ハクが再びドラゴンの姿へと変身する。

『王都まで大急ぎで飛んでくよ』

あっ……ちょっと待って！

ハクのおかげであっという間に猫獣人の村まで着いたから、誘拐犯はまだ王都に戻る途中なんじゃ？

……先に王都で待ち伏せするとか？

「あの、王都に行く途中に、まだ誘拐犯がいる可能性はないの？」

僕がそう言うと、ハクが何かを投げてよこす。

それを受け取り見てみると、丸くて……黒い塊？

真ん中に紫色の綺麗な石が埋め込まれている見たこともない道具だった。

これは何？

『それはね、転移の魔導具さ。入り口のところに落ちていた』

「転移の魔導具!?」

『それに魔力を込めると、あらかじめ登録している場所に瞬間移動できちまうのさ』

うわぁぁ、ファンタジー小説によく出てくるアイテム！　これがそうなのか。

僕はハクから受け取った魔導具をマジマジと見つめる。

『それを使ったのなら、敵はもう王都に着いてるさ。さぁ、早く乗りな』

「うん！」

転移の魔導具まで持ってるなんて！　用意周到だ。

僕は慌ててハクの背中に飛び乗った。

『行くよ』


獣人国の王都には二時間後に着いた。

王都に入るための検問所も兼ねている大きな門から、少し離れたところにハクは降り立った。

そして、すぐさま人の姿になる。

あれが獣人国の王都。猫獣人の村とは大違い。

かなり発展しているように見える。

ルビィたちのことがなければ、ワクワクしながら王都の探索をしたいところなんだけど。

『おおっ！　あの街から弟子の匂いがするっち』

モチ太が尻尾を高速回転させながら教えてくれる。

なんだかんだ言いながら。モチ太も心配なんだよね。

匂いを感じて嬉しいのが尻尾でバレバレだよ？

『王都に入るにはあの検問所を通らないといけない。通るには身分証か銀貨一枚が必要になるんだが……私はどちらも持ってないさね。あの門をいっそ爆破するかい？』

ハクがチラッと大きな門を見る。

爆破って……関係ない人まで巻き込んじゃう！

「待って、ハク！　僕ね金貨をいっぱい持ってるんだ。サクラ香木が高く売れて……」

『ほう……ヒイロなかなかやるねえ。その辺に落ちてる木を、高額で売りつけるなんて』

ハクが悪徳商人でも見るような目で僕を見る。

「ちちちっ、違うよ？　あの泉の近くにはいっぱい落ちてるけど、なかなか手に入らないレアな素材なんだから！　僕は悪徳商人じゃないからっ」

『あははっ、冗談だよ。私の二番目の子供が高く売れると言っていたから、知ってるさね』

ハクがニヤリといたずらっ子のような顔で笑う。

もうっ。こんな時に冗談とかやめて？

『う〜ん。どうやら、少し待たないとダメさね。今の時間はまだ暗い。もう少し明るくならないと検問をする人間が仕事を始めないからね』

「そんな……せっかく急いで来たのに」

ルビィたちは大丈夫かな？　僕……心配だよ。

『そんな顔しなくても、大丈夫っち。弟子は生きてるっち。わりぇにはわかるっち』

僕の不安を感じとったのか、モチ太が僕の肩に飛び乗り、頬をテチテチと肉球で優しく叩く。

「モチ太……」

モチ太の腹毛に顔を埋めようとした時、ハクがモチ太を見て話しかける。

『ところでモチ太よ？　その姿で街に入るのは目立ちすぎる。ひと目でフェンリルとわかるからねぇ』

えっ⁉　そうなの⁉

やっぱりこの可愛い姿が怖いフェンリルだと認識されているの？

『それは仕方ないっち。わりぇは王っち、おふれ出る高貴なる気品は、抑えられないっち』

おふれ出るって……溢れ出るでしょ？　……ったくどんな気品なのやら。

褒められたと勘違いしたのか、モチ太の尻尾がご機嫌に動く。

……モチ太。ハクが言いたいのは違う意味だと思うよ？

『あははっ、そうかい。でもね、その姿をどうにかしないと、中に入れないさね。皆が怖がって街がパニックになっちまう』

『ぬっ……入れないっち？』

『モチ太がいないとあの子を探せないのにねぇ。困ったねぇ』

ハクがわざとらしく、いかにも困った顔をする。

『そそそっ、そこまで頼りにされたなら仕方ないっちねぇ。不本意だけど……これならどうっち？』

モチ太の姿が柴犬になった。

「ふわぁぁっっ⁉」

可愛いよう！　尻尾がくるんって丸まってるところとか柴犬そっくり！

『下等生物に変身するなんて不本意っちけど……頼られたら仕方ないっち』

柴犬姿に変身したモチ太が、丸まった尻尾をプリプリと揺らして、褒めてほしそうにハクをチラチラと見ている。

それを見たハクは『流石だねぇ。これで安心さね』と柴犬姿になったモチ太の頭を撫でていた。

ハクの手の平で転がされてるね、モチ太。

僕はどう見ても、今の姿のほうが強そうに思うんだけどな。

よし、これで準備が整った。

ルビィ、ジークさん、もうすぐ助けるからね！

★
★
★

「……イテテ。ここは……へっ⁉　なんでこんなところで寝てるんだ？」

目が覚めるとジークは、牢屋の中にいた。

目の前にあるのは、無機質な鉄の柵。

寝そべった体に触れるのは、石で作られた冷たい床。

一体自分に何が起こったのかと、理解が追いつかない。

俺はルビィと一緒に……そうだ！

「ルビィ！　ルビィ！」

起き上がりルビィを必死に探すも、牢屋の中にいるのはジークただ一人。

「ちくしょう！」

苛立ちと焦りから、ジークは突然、鉄格子(てつごうし)を足で蹴った。

その時に嫌な感触が足を伝う。これはただの鉄格子じゃない。

普通の鉄格子なら、ジークの一蹴りで歪むはずだ。

だが目の前にある鉄格子は、ビクともしない。

「これは……まさか魔導具⁉」

「目が覚めたんだな、ジーク。そうだ、それは魔石を埋め込んで作った、魔導格子だ」

扉が開く音と同時に、ニヤリといやらしく笑いながら、プルー教皇が目の前にやってきた。

「なっ⁉　プルー教皇……なんでだ⁉」

ジークの顔が歪む。

「意味がわからないだろう？」

馬鹿にしたように笑うプルー教皇。そして、楽しそうに話し始めた。

「グハハッ。そんな顔をしても、何も怖くないぞ。なぜなら魔導格子の中にいるお前は、本来の力の十分の一しか発揮できないからな。今のお前はただの騎士団員にも負けるだろうな」

それを聞いたジークの眉間に皺が寄る。

「なんでこんなことをするんだ！　俺をこんなところに閉じ込めて、一体何が目的だ！　それに一緒にいたルビィはどこだ！」

ルビィと聞いたプルー教皇は、悦に入った顔をする。

「あの忌み子は、朝日が昇ったと同時に、公開処刑することが決まった」

「なんだって⁉　ふざけるな！　そんなこと俺が許さねぇからな！」

ジークは魔導格子を足で何度も蹴る。

だがプルー教皇の言う通り、思うように力が入らない。

「では、ワシはこれで。そこで大人しく待っているがいい。次会う時は、忌み子の処刑が終わっているだろう。そのあと、忌み子に会わせてやろう。まぁ……お前の知っている姿からは、変わり果てたものになっているだろうが。あはははっ」

「ふざけるな！　プルー教皇よ！　あの子が何をした⁉　ただ一生懸命……生きてきただけじゃないか！」

ジークは魔導格子を何度も叩く。手から血が流れようと。骨が折れようと、ありったけの力で。

そんなジークの姿を、プルー教皇は馬鹿にしたようにチラリと見る。

「忌み子は災い(わざわ)をもたらす存在なのだ。生きているだけで迷惑だ！　衛兵よ、ちゃんと扉の前で見張っているように！」

プルー教皇はそう言い放って牢屋を出ていった。

「ルビィ……嘘だろ？　嫌だ……もうお前の笑った顔が見れないなんて嫌だ……っ！」

ずっと叩き続けたせいで、ジークは両手の骨が折れ……手が動かなくなってしまった。

（なんでこんなことに……ヨミさんに顔向けできねえ。こんなことになるのなら、あの時ヒイロ様と一緒に行かせておけばよかった。家に泊まりたいと言ったのを止めさせていれば……）

今更タラレバを言ったところで、どうにもならないのはジークもわかっている。

しかし、悔やまずにはいられないのだ。

ジークが牢屋に閉じ込められて、二時間ほどが経っただろうか。

再び扉が開いた。

牢屋に入ってきたのは……

「ジーク！　大丈夫か⁉」

「……クリス？」

「ったく。なんて顔してんだよ。それが第一騎士団長の姿か？」

いつものクリスの皮肉にも、ジークは何も言い返さない。

それを見たクリスは、大きくため息を吐いたあと、やれやれといったジェスチャーをする。

「なんで俺の居場所がわかったんだ？」

「たまたまプルー教皇が司祭と話してるのを聞いたんだよ。そんで司祭から無理やりお前の場所を聞き出したってわけさ」

クリスは得意げに拳を握る。おそらく殴って脅したのだろう。

だが、それでもジークの反応は薄い。それを見たクリスは剣を抜き、闘気を放つ。

「俺はお前のそんな姿が見たくて来たんじゃないんだぜ？」

そして剣先を魔導格子に向ける。

「ジーク、その格子から離れろ！」

「え？」

ジークが魔導格子から離れた次の瞬間。

何度叩いてもビクともしなかった魔導格子が細切れになった。

「……なんでだ？　俺が何度叩いても無駄だったのに」

「俺は魔導格子の外にいるから、効果がないんだよ」

そう言ってクリスは片目を閉じる。

「男のウインクなんて色気がねーな」

「ははっ、減らず口が。そんだけ言えりゃ十分だな。ほらっ、これ飲んでそのだらしない腕を治しな」

クリスがハイポーションをジークに投げる。

「クリス……ありがとうな」

「お前に礼を言われたらむず痒いぜ。それにまだ礼を言うのは早いだろ？」

「そうだな」

二人は顔を見合わせ、牢屋を出ていった。

★　★　★

空に太陽が昇って、朝日がアーチ状の大きな門を照らした。

僕たちは近くで待機してたんだけど、日の出と同時に数人の獣人が検問所にやってきた。

ジークさんと同じような服を着てるから、騎士の人だろう。

『よし！　人が来たっち。さぁ！　わりぇについてくるっち』

モチ太が可愛い尻尾を得意げに揺らしながら、先頭をきってテチテチと歩く。

ポメ姿も可愛かったけど、柴犬姿も可愛いよう。

検問所に行くと、僕たちが一番……というか他に誰もいない。

こんな朝早くから検問所に人が来るのは珍しいのか、ジロジロと見られる。

僕がローブを着て仮面をつけているので、怪しさ満載ってのもあったんだけど。

「こんな朝早くに、王都になんの用だ？」

騎士の男が、ハクに怪訝そうに話しかける。

『んん？　観光さね』

ハクはそう言って笑った。

それを見た男たちが顔を真っ赤にしている。どうしたんだろう？

あっ、そうか。ハクって美人だもんね。

あの人たちはドキドキしてるんだ。ふふ……なんだか面白い。

「でっ、では身分証を提示してもらおう。なければ一人銀貨一枚だ」

『田舎に住んでるから、そんなもんは持ってないさね』

ハクは金貨を男に手渡した。

あれ？　ハクもお金持ってるの？

不思議に思っていたら、ハクが僕に向かって『さっきのは冗談さね』と言ってウインクをした。

ぐぬぬ、騙された……

「では三人分で、銀貨三枚だ。その一緒にいる犬は飼っているのか？　それとも野良犬か？」

『なっ……高貴なっ……ぶごっ⁉』

犬扱いされたモチ太が怒って喋り出したので、慌てて口を塞ぎ、抱き上げた。

そして、耳元でこっそりと注意する。

「モチ太、喋ったらダメでしょ？　変身した意味ないじゃん」

『すまんっち。アイツら、わりぇを……犬って言ったっち』

モチ太がプルプルと震え、悔しそうに耳をペタンっと下げ、僕を見る。

いつもなら、すぐに怒って噛み付くモチ太が……

ルビィたちのために必死に我慢してるんだよね。

「その気持ちはわかるよ。だけど今は我慢してね」

『ふぬぅ』

僕はモチ太の頭を撫でる。

『こいつは大切な仲間さ』

ハクがモチ太のことを大切な仲間と言った。

それを聞いたモチ太の耳がピクリと反応し、丸まった尻尾が高速回転し始める。

さっきまでシュンッとなってたから、機嫌がなおってよかった。

「飼い犬か、なら銅貨一枚だな」

犬からもお金を取るんだ……

ハクがお金を渡し、お釣りを受け取ろうとした時。

検問所にいた騎士のうちの一人がニヤリと笑って「お前たちはラッキーだな」と言った。

ラッキー？　何かいいことがあるのかな？

「今日は二百年ぶりに、忌み子の公開処刑があるんだよ」

「そうそう。俺たちはついてねーよなぁ。こんな日に門番だなんて」

「見たかったなぁ」

この人たちは残念そうに話してるけど、何を言ってるの？

「公開処刑って⁉」

思わず騎士の人に詰め寄る。

「なっ……？　そんな必死にならなくても、今から行けば間に合うよ。あの大きな建物、アンフィティアで処刑されるんだ」

あまりにも必死な僕の姿を見た騎士の人が、少し気持ち悪そうに建物を指さして教えてくれた。

「朝日があの大きな旗に到達したら、処刑の開始さ。あと三十分後くらいってとこだな」

あと三十分⁉　すぐじゃん！

「皆！　急ごう」

『『了解！』』

僕たちは教えてもらった建物に向かって走り出した。

お願い！　間に合いますように！

★　★　★

「ふふふ。なんて気持ちいいんだ。おい、もっとワインを持ってこい！」

「はっ、かしこまりました。プルー教皇」

ワシは悦に入った表情で、グラスに入ったワインをゆっくりと回し、香りを堪能したあとゆっくり口に運ぶ。

獣人国において、猫獣人への畏敬の念が失われかけていた昨今。

二百年ぶりに現れた魔族と同じ容姿の忌み子。これが何を意味するのか？

獣人国の国民たちは長年の平穏な生活を経て、忘れてしまった。どの獣人を尊ぶべきなのか。

誰のおかげでこの獣人国は助かったのか？　どの獣人がこの国を魔族から守ったのか？

それは――我らが猫獣人なのだ！

始祖の猫獣人様が、攻めてきた魔族たちからこの獣人国を救ったというのに、時が過ぎゆくうちに、皆それを忘れてしまった。

猫獣人こそ、尊ぶべき存在だ。それなのに、すごいのは始祖様であって猫獣人が強いわけではない。他の強い獣人を国王に、と言い出す輩まで現れた。

一体何を言っているのか。

馬鹿なことを言う。我ら猫獣人こそが……絶対だ。

始祖様を祖先に持つ素晴らしき血統の者が王族になるべきなのだ。

獣人の中で、我々が圧倒的な存在であるべきなのだ。

ワシは我らが猫獣人の尊さを、再び獣人たちに教えるべきだと、国王に何度も伝えた。

なのに……バカな前国王からの返事は「すごい功績を残したのは、我ら猫獣人ではなく始祖様だ」というものだった。

さらには「過去には王族にも、手や足だけは始祖様のような見た目の者もいたが、私たち王族も普通の獣人と変わらない姿になった。なんの実力もない者が政治の実権を握っていていいものだろうか」なんてことまで言い出した！

なんてバカなことを言っているのかと、ワシは呆れて何も言えなかった。

だが、そんなバカな国王たちも不慮の事故で死んだことだし。

「ぐふふふ」

ワシはニヤリとほくそ笑む。

訳のわからないことを言う者はいなくなった。

残ったのは傀儡となった小さな国王だけ。やっとワシの時代が来たのだ。

バカな国王もいない！　再び猫獣人の時代が始まるのだ！

あの生きてるだけで気持ちの悪い忌み子がワシの役に立つ時が来た。

あんな姿の者が、猫獣人だというだけで腹立たしい。

猫獣人は美しくあるべきだ。

魔族の生まれ変わりである忌み子を処刑し、我ら猫獣人を尊ぶべきだと思い知らせるのだ。

そして再び、猫獣人は尊厳を取り戻すのだ。

「ふはははははっ！」

おっと、ワシとしたことが、興奮しすぎた。

これから始まる盛大なイベントのことを考えると、どうしたって興奮せずにはいられない。

さてと……忌み子の様子を見に行くか。

ワシは立ち上がると、隣の部屋にいる忌み子のところに歩いていく。

まるで動物のように両手両足を鎖(くさり)で繋がれている。

「いい姿だな？」

ニヤリと笑い、忌み子の黒髪を掴み上げる。

「痛いっ……やめっ……」

魔族のくせに、まるで人の子のように痛がっている。

お前に人の血など流れておらんだろうに。

「お前はもうすぐ死ねるのだ。よかったな」

「……どうして？　僕は何もしていない」

忌み子が瞳に涙を溜め、ワシを睨む。

「汚い目でワシを見るなっ！」

そう言って忌み子を踏み付けたあと、顔を思いっきり蹴り飛ばす。

「っ！」

そんな時、獣人国の宰相であるロベリーが慌てて入ってきた。

「お気持ちをお鎮めください。今死なれては困ります」

「ちっ！」

この男も猫獣人だ。獣人国で、位の高い役職に就いている者は、皆猫獣人なのだ。

これはワシが決めたこと。

「荒れていますねぇ。殺されては困りますよ？　これからメインイベントがあるんですから」

「わかっている」

ロベリー宰相もまた、猫獣人至上主義だ。

今回の公開処刑に歓喜しているうちの一人で、猫獣人なのに醜い魔族の姿をしている者など、存在してはならないと思っている。

「陛下の準備が整いました」

「薬は飲ませたか？」

ワシはロベリー宰相に尋ねる。

「もちろんです。忘れたら大変ですからね。ふふ」

ロベリー宰相がニヤリと笑いながら言った。

「では陛下を迎えに行こう」

ワシが手を二回叩くと、部屋に侍女が二人入ってくる。

「この忌み子の身仕度をしろ！」

「「はい！」」

ワシとロベリー宰相はこれから始まる一大イベントのことを想像し、胸が躍るのだった。

★　★　★

これが……アンフィティア⁉

建物に近付くと、その大きさに圧倒されてしまう。

こんな場所で、ルビィを公開処刑するの⁉

中からは、盛り上がっている大勢の人の声も聞こえてくる。

「どこから中に入るの⁉」

建物が大きすぎて、入り口がわからない。

『こっちだっち！　匂いでわかるっち！』

「モチ太！」

入り口を見つけたのか、モチ太が先頭をきって走っていく。

僕たちはそのあとを必死で追いかける。

長い階段を駆け上がった先で、景色が開けた。

そこで見た光景に驚き、思わず立ち止まってしまう。

「……これはっ」

そこは楕円形（だえんけい）の大きな広場で、二階席からも広場を見下ろせるようになっていた。

一階には人がおらず、二階には早朝だというのに人が溢れ返っていた。

なんだか前世のあの場所に似ている。世界遺産にもなっているローマのコロッセオ。

「すごい……」

あまりのスケールに圧倒されそうになる。

「あっ！　あれ！」

中央に磔（はりつけ）にされたルビィの姿が目に入る。

大きな広場にポツンと一人きりだ。ジークさんはどこにも見当たらない。

足元には藁のような草と枯れ木が敷き詰められている。

その理由はすぐにわかった。

僕たちがいる場所よりも、さらに高い場所に座って見下ろしている男が話し出す。

この広い会場にその声が響き渡る。スピーカーのようなもので、声を流しているのかな？

そいつがとんでもないことを言い出した。

「さあ、魔族の生まれ変わりを聖火で焼き払うのだ！　この聖なる炎はいかなることをしようとも、魔族の生まれ変わりを焼き尽くすまで消えない」

そう言って、男は燃え盛っているゴブレットを指さす。

何を言っているの⁉　ルビィを火炙りにするつもり⁉

弓を持った人たちが次々にゴブレットの中に矢を入れ、火のついた弓矢を作っていく。

「放て！」

次の瞬間。火のついた弓矢が一斉にルビィに向かって放たれた。

「なあぁぁぁ⁉」

もう無我夢中だった。

背後からハクやルリやモチ太が、何か言っていた気がしたけど……

僕は二階の観覧席から飛び下り、その勢いのままルビィのところまで走っていった。

足元の藁に着火し、ルビィの体に火が届きそうだ。

「ヒイロ！　来ちゃダメ！　ゲホッ……ヒイロまで燃えちゃう！　お願いだからっ」

僕の存在に気が付いたルビィが必死に止める。

煙と炎がすごすぎて、なかなか近寄れない。だけどこんなの、どうってことない！

僕の体は無敵なんだから！

「今助けるから！　待ってて」

「ヒイロ……大丈夫だから。僕ね、ヒイロに出会えて……すごく幸せだったんだ。いっぱい笑って、
嬉しくて……楽しくて、だから、ゲホッ、もう終わっていいんだ。お願いだよ。僕のせいで大好き

なヒイロが傷付くのは嫌なんだ。お願いっ、僕から離れてぇ」

ルビィが泣きながら訴える。何を言ってるの!?

「嫌だ！　絶対に離れない！　終わりじゃないよっ、ルビィ！　君はこれからもっと幸せになるの！」

今の僕はすごい力を放っていると思う。

轟々と燃え盛る炎の中に入ると、ルビィが磔にされている木ごと掴み、火がないところまで運ぼうとする。

その瞬間――

「冷たっ!?」

『ったく。慌てん坊だねぇ。火の中に飛び込むなんて無茶する子だよ』

『ん！』

『ちょっとビックリしたっちよ』

「ハク……ルリ、モチ太」

いつの間にか、皆が僕とルビィの周りに立っていた。

どうやらハクが魔法で水を出して、炎を消してくれたみたい。

僕ってばそんなことも考えつかないなんて……

「うっ……」

「ルビィ!?」

ルビィの様子を見ると、かなりひどい火傷を負っている。

もっと早くに助けてあげられていたら。ごめんね。痛いよね。

『わりぇの弟子に……許さんっち！』

「モチ太？」

モチ太が前足でルビィの体をテチテチと叩く。

すると、体が輝き……痛々しかった傷が綺麗に治っていく。

すごい……！

「モチ太、すごいよ！」

モチ太の頭を思いっきり撫でまくる。

『弟子だから特別っち。わりぇからすると、こんなの余裕っち』

急に傷が綺麗に治り、ルビィはモチ太と一緒に僕を抱きしめた。

「ありがとう、ヒイロ……モチ太。ハク……ルリ。僕っ、僕っ、ふあぁぁぁぁぁ」

いつもなら急に抱きしめられるのを嫌がるモチ太も、可愛い尻尾を嬉しそうに左右に激しく揺らしている。

『よしよし』

ルリはそう言いながら、泣いているルビィの頭を優しく撫でている。

「よかった……助けられた」

僕はそんな皆の姿を見て、ほっこりとする。

しかし、喜ばしい再会を台無しにする声が再び響いた。

「なななななっ、なんだお前らは!? 神聖な儀式の邪魔をしおって！ なぜ消えないはずの聖火が消えたんだ!?」

高いところで偉そうに座っている、豪奢(ごうしゃ)な服を着たおじさんの声だ。

「プルー教皇……」

ルビィがボソリと呟く。あのおじさんは教皇なの!?

「何が神聖な儀式だ！ こんなの間違ってる」

僕は思いっきり睨んで、声を張り上げた。

でもこんな広い会場で僕の声が響くわけもないよね……

「って……え!?」

場内がシンッと静まり返った。なぜか聞こえている。

というか、僕の声が大音量で流れてる。どうして？

すると『好きなだけ文句を言いな』とハクがウインクした。これはハクの魔法だったのか。

どうやっているのかはわからないけど、ありがとうハク。

言いたいこと言わせてもらうよ！

「こんな訳わからない風習なんて、意味がないよ！ 忌み子なんてのは、存在しない。ただ魔族と同じ色の髪の毛と瞳を持って生まれただけで、普通の獣人と同じ。ルビィはいい子なんだ！ 王族だかなんだか知らないけど、こんな風に皆の前で、公開処刑する権利なんてないんだ！」

興奮のあまり、早口で捲し立てちゃった。

皆、ちゃんと理解してくれた？

ん、あれ？　なんだか二階席の人たちと距離が近付いているような……

え？　僕大きくなってる？

いや、違う。足が地面から離れて……宙に浮いちゃってる！

下を見ると、ルリがグッと親指を立てている。

今度はルリの仕業か。

宙に浮くのは、ちょっと目立ちすぎだよう。

「「「「始祖様……!!」」」」

——え？

会場内がざわつき、始祖様と叫ぶ声がいたるところから聞こえてくる。

なんで？

あれ!?　今の僕……ハクからもらったオーバーオールしか着てない。

そうか！　ローブやら仮面は……さっきの炎で焼け焦げて、なくなっちゃったんだ。

よかった……オーバーオールは焼け焦げてなくて、こんな大勢の前で裸を晒すところだった。

じゃなくて！　だから、今の僕は……始祖様百パーセントなわけで……

「ええと……あのね？」

「「「「始祖様っ!!」」」」

ちょっと待って！　なんか変な空気になってるよ？

皆が僕に向かってひれ伏していくんだけど……どーするのこれ⁉

★★★

「おいっ。この歓声……もう始まってるんじゃ⁉」

「わからねえが、急ぐしかない」

ジークとクリスは、アンフィティアの会場に辿り着いたはいいが、どの扉も封鎖され、中に入れない。

二人は一階の広場へと続く扉を探し、走り回っていた。

だが、開いている扉は、先ほどヒイロたちが通った、二階にある観覧席に続くものだけ。

「くそっ、仕方ねぇっ。二階から飛び下りるか！」

「ったく。簡単に言うねぇ。流石ジークだな」

二人は観覧席へと続く階段を、飛ぶように駆け上がっていく。

そこで二人が目にしたものは……

「あ……⁉」

「なっ⁉」

宙に浮かび、熱弁するヒイロの姿だった。朝日を浴びたヒイロの被毛が、黄金色に神々しく輝く。

「『始祖様……！』」

ジークとクリスはその場で片膝をつき騎士の敬礼をする。

「王宮に飾られてる絵姿と同じ。あの言い伝えは本当だったんだ……」

クリスが大きな体を小刻みに震わせ、ヒイロを眩しそうに見ている。

「伝承か。『この世に悪しき者が現れる時。金色に輝く始祖様がこの地に降臨し神の裁きを与える』ってやつだな。ヒイロ様っ……眩しすぎますよ」

「ん？　ヒイロ様？」

思わずヒイロの名を口にしたジークを、クリスが不思議そうに見る。

「あれはヒイロ様だ。今のうちに始祖様のお姿を目に焼き付けとかねーとな」

「ええ⁉　そうなのか⁉　だからお前はあんな態度を……」

二人は目頭を熱くして、ヒイロを見つめるのだった。

★★★

これどうするの？

どう見たって、僕を伝説の始祖様と勘違いしてるよね？

高いところにいる偉そうなおじさんたち以外は、僕に向かって平伏してるし……

おじさんたちも僕を見て、真っ青な顔して震えている。

って、あれ……あんなところにジークさんとクリスさんがいる！

よかった。ジークさんも無事だったんだ。色々と落ち着いたら、また挨拶しよう。

それよりも、これどうやって事態を収めるの？　収まる気がしないんだけど。

そうだ！　おじさんたちに自分のしたことが間違いだったって、きちんと訂正して謝ってもらわないと。うんうん。それで終わりって、解散したらいいよね。

「ねぇ、ルビィにしたことを謝ってよ！」

僕はさっき喋っていたおじさんに話しかける。

「謝る⁉　忌み子にですか⁉　いくら始祖様に言われましても……あのような下賤（げせん）の者に、教皇である私が頭を下げるなど……」

そう言って、おじさんが首を横に振る。

教皇だかなんだかしらないけど、人として間違ったことをした時は、ちゃんと反省して謝らないといけないんだ！

この人は大人なのにそんなこともできないの⁉

「いいから！　ルビィに謝れ！」

「ヒィッ！」

僕はおじさんを睨んだ。

「あ～、ええ。ゴホンッ。今回のことは……まぁ、なかったことに……忌み子ではなかったのだ」

何を言ってるんだ？　謝ってないし、忌み子ではなかった⁉

「だから、忌み子なんて者は存在しない！　魔族の生まれ変わりでもない。それはあなたたちが勝手に作った存在だ」

　僕の言葉に、会場内がざわめく。

「忌み子はいない？」

「魔族の生まれ変わりでもない？」

「我らはずっと騙されていた⁉」

　会場内のざわめきに慌てる、教皇とかいうおじさん。

「うるさい！　黙れっ。忌み子はっ……まぞっぅ」

　おじさんが再び、忌み子だとか言い出したので、僕が睨む。

　ん？　おじさんの様子が変だぞ？

　プルプルと震え、顔がどんどん青ざめていく。

　僕そんな怖い顔で睨んじゃったの？

『黙れとは偉そうっち。噛み砕いてやるっちか？』

『ん。こいつ、きらい』

「モチ太⁉　ルリ⁉」

　下にいたはずのモチ太とルリが、いつの間にか僕の隣に浮かんでいた。

　正確には、モチ太はルリの頭の上だけど。

「フェフェフェフェッ、フェンリルとドラゴン⁉」

教皇のおじさんが、モチ太とルリを見て腰を抜かして、フラフラと座り込んだ。

会場内も二人の登場に、少しパニック状態。

いつの間にかモチ太は柴犬姿からポメ姿に戻り、ルリはドラゴンの姿になっている。

モチ太は皆の反応が嬉しいのか『まぁ、わりぇは怖いっちからねぇ』とルリの頭の上でふんぞり返り、尻尾がご機嫌に揺れている。

……さてと。

この騒ぎ、どう収束したらいいのかな。

いっそ始祖様になりきったらいい？　僕にできるかな？

……ううん、やるんだ！

ルビィや今後同じ見た目で生まれてくる子たちのためにも、頑張らなくちゃ！

そして忌み子なんてなくすんだ。

今の僕は始祖様！　始祖様！　始祖様なんだ！

よし！　セルフ脳内洗脳完了。

「じゃあ改めて、んんっ。この会場にいる皆さんに、聞いていただきたいです」

僕の声が、シンとした会場内に響く。

ハクの魔法のおかげで、自分の声に驚いちゃいそうなほど、遠くまで大きな声が響いている。

もう一回深呼吸して……緊張をほぐして……スゥ～ッ、ふぅ～ッ。

「魔族は確かに怖いし、獣人国を破滅させようとした悪いやつらだけど。その魔族と見た目が同じというだけで、迫害されてきた人たちが過去にたくさんいるんです。ここにいるルビィもそう。でも、皆さんと同じ普通の獣人なんです。こんな風に晒し者にされて、断罪していいわけがない。皆さんがしたことは間違っている！」

よっし！　噛まずにちゃんと言い切った。

あれ？　皆に響いてない？

会場内は静まり返っている。

どうして？　僕の思い伝わらなかった？

「皆さん、わかってくれましたか？」

もう一度確認すると、やっと声が上がる。

「私たちは間違っていました」

「もう二度とこんなことしません！」

「忌み子という言葉は封印します」

「始祖様！」

「始祖様！」

「始祖様！」

わかってくれた？　僕の思い伝わった？

なんだか始祖様コールが起こってるけど……

一階の広場を見てみると、ルビィが涙ぐんでいる。

そんな中、いい空気に水を差す人がいた。

「だだだっ、騙されておるっ！　始祖様が忌み子を庇うようなっ……そんなこと言うはずがない。偽物だっ！　ここっ、こいつは偽物だ！」

プルー教皇が震えながら、真っ青な顔をして僕を指さす。

そんなに怖いなら、そんなこと言わなきゃいいのに。

「偽物？」

「そんなはずないだろ？」

「始祖様を侮辱するなんて」

会場にいる人たちが困惑し、再びざわつく。

『はぁ～。お前ちょっと黙るっち』

モチ太がそう言って、ルリの頭からプルー教皇がいるところに飛び移る。

そして、そのままの勢いで軽くベチンッとビンタした。

「えっ!?」

プルー教皇はすごい勢いで端まで飛んでいき、体が壁にめり込んだ。

どう見ても重傷だよね……大丈夫かな？

「「「「ヒィやあぁっぁぁぁ！」」」」

その周りにいた人たちが、ぐったりした教皇を見て、パニックになっている。

『ありぇ？　おかしいっちね。触っただけっち？』

モチ太がとぼけた顔をして、キュルンっと可愛く首を傾げている。

でもこのタイミングだと、その仕草は恐怖にしか感じないよ。

確かに、さっきは軽く触れただけにしか見えなかった。なのに、あんなにも吹き飛ぶなんて。

これが最強のフェンリルの力！

……だけど、いくら悪い人であっても……これはダメだよね。

どうしよう。

『はぁ……ったく。確かにイラッとするじいさんだけど。これはダメさね？』

人の姿のハクまで、僕のいるところに飛んできた。横にルビィもいる。

そして、ハクはルビィの手をルリに渡すと、モチ太がいる場所に飛んでいった。

『モチ太。次は気をつけるんだよ？』

『ぐぬぬ。コイツが弱すぎるっち』

ハクはやれやれとモチ太の頭を撫でたあと、プルー教皇の前に立ち魔法を放つ。

すると、プルー教皇の姿が、何もなかったように元通りになった。

衝撃でビリビリになった服や、血はそのままだけど。

ハクって死にかけた人を生き返らせることもできるの!?

最強すぎない？

「はわっ!?　ワシはっ？」

プルー教皇がモチ太を見て、プルプルと震えている。

さっきの恐怖を、体が覚えているのだろう。

モチ太がテチっと少し動くだけで、悲鳴を上げる。

『さっきから、うるさいっち！』

それにイラッとしたモチ太が、プルー教皇の頭にかぶりっと噛み付いた。

「あっ……」

プルー教皇の頭が血だらけに……

『はぁ～っ！　モチ太っ』

ハクがモチ太の頭にゲンコツを落とし、再びプルー教皇の傷を治す。

『いっ、痛いっち！　コイツがうるさいのが悪いっち！』

『次やったら本気で怒るさね？』

『ぬぅぅっ……もうしないっち』

ハクに叱られて、モチ太が端っこで小さく丸まる。その姿はまるで鏡モチ。

それにしても……恐るべきフェンリルの力。

僕は噛まれても平気だったから甘噛みなんて思っていたけれど、本来なら、フェンリルに噛まれたらこうなるんだ。

今更ながらモチ太の怖さを知る。

プルー教皇の周りにいた人の中には、怖さのあまり震えが止まらない人や、気絶している人もいる。皆、顔が真っ青。

そりゃ怖いよね。僕だってあの漫画みたいな映像が頭から離れないよ。夢にまで出てきそう。

皆を少しでも落ち着かせることができたなら……なんかないかな？

——そうだ。

怖い夢を見た時。よくお母さんが僕に歌を歌ってくれた。

その歌を聴いていたら、心地よくて、怖い気持ちなんてどこかに消えて、いつの間にか眠ってたっけ。

……お母さんの歌を聴いてもらう？

僕ちゃんと歌えるかな？　一緒に歌ってたし、音程は覚えてる。

これで少しでも皆の気持ちが穏やかになるのなら、やってみる価値ありだよね？

少し緊張気味に……小さな声で僕は歌を口ずさんだ。

最初は本当に小さな声だったんだけど。

お母さんと歌ったことを思い出し、気が付けば大きな声で歌っていた。

皆の心を癒して、と強く願いながら歌う。

「らら～……りらら～♪　ふぅ」

歌い終わって周りを見ると、恐怖で混乱していた会場内が……落ち着いている？

皆健(すこ)やかな顔して、目を閉じて……ん？

ってか……寝ちゃってるう!?

「皆……寝ちゃった？」

『ヒイロ。いきなりここにいる者たちに、睡眠の魔法をかけたのは……なんでだい？』

ルビィとハクが少し困惑した目で僕を見る。

そうだよね？　意味わかんないよね。

いきなり眠らせるとか、僕も意味がわからない。

ってか、そんなことより僕、無意識に魔法を使っちゃってたの!?

何げにこれが異世界初魔法なんだけど……

「あの、皆が怖がってたから、少しでも落ち着いてもらおうと思って……」

『なるほどね。皆を落ち着かせるために歌ったんだね。私にはヒイロが睡眠魔法を奏でるハーピーに見えたよ』

「ハーピー？」

『見た目は羽根が生えた美しい女性の、空飛ぶ魔物さ』

「うん」

『タチが悪くてね。歌を歌って人を眠らせて食べちまうのさ。ガブっとね』

ハクはそう言って、モチ太の頭をガシッと掴んだ。

『いきなり何するっち！』

いきなり頭を掴まれ怒るモチ太。

「僕はそんなことしないよっ。もう！」

『あははっ、冗談さっ』

ハクがそう言って、皆を魔法で起こしてくれた。

一瞬でも眠ったことで、皆さっきよりも落ち着きを取り戻してくれた。

あれ？　結果オーライじゃ……

なんて考えていたら、プルー教皇たちがコソコソとその場を立ち去ろうとしていたので、慌てて止める。

「ちょっと待って！」

僕がそう言ったら、ルリが見えない魔法のロープで縛ってくれた。

魔法のロープが見えないプルー教皇は、急に体が動かないから焦り、変な声を出している。

あんまりうるさいと、またモチ太に噛み付かれちゃうよ？

あれ？　よく見たら男の子の手を引いている。

あの子は誰？

どうしたんだろう。目に生気を全く感じない。

初めて会った時のルビィの目みたい。

豪華な服を着ているから、身分は高そうに見える。

『ほう……あれが今の獣人国の王か。傀儡になってるさね』

僕が不思議そうに男の子を見ていたら、ハクが教えてくれた。

「え？　ハク、あの子が王様なの!?」

『んん？　そうさね。獣人国の若き王さ』

それに、傀儡って言った？　あの生気のない瞳はそのせいなの？

「ハク……あの王様は、誰かに操られているの？」

『そうさね』

ハクはそう言ってプルー教皇を見る。

プルー教皇め。また!?


ふわふわと空中に浮いていた僕たちは、プルー教皇たちがいる場所に移動した。

ルビィを助けて、ジークさんの無事も確認できたし、会場内も落ち着いてきたので、もうこのまま立ち去ってもよかったんだけど、傀儡にされたあの男の子が気になって……

僕たちが近付くと、プルー教皇は青ざめた顔でプルプルと小刻みに震え出した。

だけど、震えながらも、男の子の側にピタッとくっついて離れない。

よほどその男の子に執着する理由が、何かあるのかな？

ハクは男の子の側に行くと、クンクンと匂いを嗅いでいる。

何してるんだろう。

それを見たプルー教皇はまた奇声を上げる。

ハクが怖いのはわかるんだけど、モチ太がまた睨んでるよ。

『なるほどね。この匂いは……魔法ではなく薬で傀儡にしてるんさね』

「薬!?」

『そうさね。自分で何も考えられなくなる薬を、毎日飲ましてるのさ』

ハクの言葉を聞いたプルー教皇が「そんなの嘘だ！　間違いだ」と叫び出した。

だから……叫んだらダメだってば。

『うるさいっち！』

モチ太がピョンと飛び上がり、再びプルー教皇の頭に齧り付こうとしたんだけど、すんでのところでハクがモチ太の首根っこを掴んだ。

モチ太の牙はプルー教皇の目の前！

あまりの迫力に、プルー教皇のズボンが濡れていく。

あ……もしかして漏らしちゃった!?

『ぬ!?　こいつ漏らしたっち！　臭いっちね。プププ』

鼻が利くモチ太が顔を歪め、バカにしたようにプルー教皇を見る。

「ななぁあっぁ!?」

プルー教皇が恥ずかしいのか奇声を上げる。

『うるさいっち！　黙るっち』

「んんん～!?」

『初めからこうしたらよかったっち』

モチ太が魔法を使って、プルー教皇の口を開かないようにした。

こんな魔法もあるのか。

『ヒイロ。この国王どうするさね？』

ハクが少年の王様を指さす。

「もちろん元に戻してあげたい！」

『ふふ。ヒイロならそう言うと思ったさね』

僕は王様をじっと見つめる。そんな時、騒がしい声が聞こえてくる。

「おいっ、なんだお前は！　待て！」

「うるさい！　私は話したいことがあるんだよ！」

すると、年配の女性が人波を掻き分けて、僕たちに近付いてくる。

そして、その後ろから衛兵がついてきている。

衛兵を振り切り、年配の女性は王様に向かって走ってきた。

「殿下っ……どうしてっ。こんな姿になってしまわれて！　ばあやは心配で毎日眠れませんでした……」

自分のことをばあやと言った女性が、王様の前で座り込む。

そして僕のほうへと顔の向きを変え、涙を流しながら頭を下げた。

「え!?　ちょっ」

「始祖様、どうかこの老婆の話を聞いてください」

そう言って床に頭を擦り付ける。

「そんなに頭を下げなくても、話を聞くから！　だから頭を上げて」

おばあちゃんに頭を下げられるのは苦手だよう。

年配の人は人生の大先輩だから大切にしないとダメだよって、前世のお母さんが言ってた。

「……始祖様、ありがとうございます」

ばあやさんがやっと頭を上げて、僕の顔を見てくれた。

「私はシャム殿下っ……シャム陛下のばあやとして、ずっと側についておりました。ですが、前国王が不慮の事故で逝去(せいきょ)され、シャム陛下が国王となった時、この教皇と宰相が私をシャム陛下から引き離し、さらには専属でついていた執事やメイドも辞めさせました」

ばあやさんは大粒の涙をポロポロと流しながら、話してくれる。

「そしてこんな風に、操り人形のシャム陛下を作り上げたのです」

……ひどい。やり方が汚い。

大好きな人から引き離され孤立し、変な薬を飲まされて操り人形になるなんて……

「だから、どうか……どうかシャム陛下を助けてください」

「んん～！」

ばあやさんの話を聞いたプルー教皇が、何か言いたそうに叫んでいる。

でも魔法で口を閉じられてるので、何も話せないんだけどね。

僕は泣いているばあやさんの前に座る。

「僕にできるかわからないけど、ばあやさんの大切な国王様を、元に戻すよ」

「あああっ……始祖様。ありがとうございます」

僕がそう言うと、ばあやさんは泣き崩れてしまった。

『薬を無効にしてやらないとね。ヒイロ、お前が作った何かを食べさせてやりな』

「え？　僕が作ったもの？」

『自分では気が付いていないみたいだけど、ヒイロの作った食べものは、超特級のポーションよりも、高い回復効果があるさね。怪我も状態異常も、本当は私たちが治すまでもなく、それで一発さ。それに、ヒイロの料理は、人の心を満たし、幸せにするさね』

「そうなの？」

僕の作る食べ物に、そんな効果があったなんて。

人を幸せにする……ふふふ、嬉しいな。

今《アイテムボックス》に入ってて……食べやすい何か……

あっ、スープ！　これなら飲ませやすいよね。

「はいどうぞ、スープだよ」

そう言いながら、僕は王様の口にスプーンでスープを入れた。

すると――

コクンッと飲み込む音が聞こえ、生気がなく濁っていた王様の瞳が、キラッと輝いた。

その大きな瞳から、大粒の雫がポロポロと頬を伝う。

「私は……ああ」

ハクの言っていた通り、僕の作った食べ物で解毒しちゃったみたい。

「あっ……ありがとうございます」

生気が戻り、目に輝きを灯した王様が、僕に深々とお辞儀をする。

「あっ、いやっ、そんな頭を下げなくて大丈夫です！」

「いいえ。始祖様のおかげで私は正気を取り戻せたのです。傀儡となっていても、少しだけ意識はありました。始祖様が国民を助けてくれたことも見ていました。感謝してもしきれません」

「んんん～！」

そう言って、王様はプルー教皇をジロッと睨む。

何か文句があるのか、睨まれたプルー教皇は必死に叫ぼうとしている。

まぁ、口を魔法で閉じられてるから無理なんだけど。

「あの……もう頭を上げて……」

僕がそう言っても、王様は一向に頭を上げてくれない。

見た感じ、僕と同い年くらいに見えるのに、かなりしっかりしている。

「あのね、本当に話しづらいからっ」

「……わかりました。始祖様がそうおっしゃるのなら」

必死に訴えて、やっと頭を上げてくれた。

その顔はさっきまでとは別人のように凛々（りり）しい。

「私は前陛下が亡くなった時、不審な点を感じ、疑問に思ってプルー教皇に伝えたのです。まさか彼が、私の両親を殺した張本人だと知らずに……」

「え⁉　プルー教皇が前国王と王妃を殺したの⁉」

ルビィのことだけでなく、そんな悪事まで働いていたなんて！

……信じられない。

「はい。私はプルー教皇と話したその日に薬を飲まされ、傀儡にされました。そして、プルー教皇はロン司祭と一緒に、私の父と母っ……前国王と王妃をどうやって殺したか、楽しそうに話していました」

「なっ……」

信じられない！　殺した人の子供の前で話すことじゃない！

僕が同じ立場なら、どう思うだろう……大切なお父さんとお母さんを殺されて、その話を目の前で楽しそうにされて……想像するだけでも、怖くて泣きそう。

僕と変わらない年で……そんな気持ちを味わったんだよね。

……辛いよね。

「しっ、始祖様⁉」

『ヒイロどした？』

「ふぇ？　どうしたの？」

『どうしたっち？』

皆が僕を心配そうに見る。

『どうした……って、はぁ。ヒイロ、泣いてるのかい？』

ハクの指が僕の頬にそっと触れる。

「え……泣いて？」

『大丈夫かい？』

ハクが優しく僕の涙を拭ってくれた。

今の国王陛下の気持ちを考えたら、なんだかものすごく悲しくなって……知らないうちに泣いていたんだ。

「心配かけてゴメンね。つい国王様と同じ気持ちになってしまって……」

「始祖様！　なんとお優しい。私はそのお気持ちだけで……っ」

王様はそう言って、下を向いてしまった。声を押し殺して泣いている。

ゴメンね、僕が泣いてしまったから。

せっかく泣きやんだのに、また涙が溢れてきちゃったんだよね。

ここまで獣人国を無茶苦茶にしたプルー教皇たち。

一体何がしたかったのか、目的はわかんないけど、許されることじゃない！

この罪は絶対に償ってもらうからね！

そう意気込んでいると、ありえない光景が目に飛び込んできた。

「え!?　何してるの!?」

思わず声が出る。

プルー教皇の前にモチ太とルリが立ち、モチ太が軽く触れるとプルー教皇の足が折れた。

そしてルリが回復魔法をかけて、元通りに治す。

二人は何度もそれを繰り返し始めた。

ちょちょちょ！　君たち何してるんですか？

「モチ太！　ルリ！　何してるの!?」

『んん？　こいつムカつくっち。国王の話を聞いてて、わりぇはイライラしたっち！　ヒイロも泣かせたし。だから、お仕置きっち。ちゃんと殺さないように、チョンって触れてるっち！』

『ん。ちゃんと回復してる』

フンスッと得意げにモチ太とルリは話す。

……でもそれって、殺されるよりも恐怖だと思うんだけど。

確かに殺したらダメって、ハクに叱られたから間違ってはいない。

間違ってはいないんだけど……

お仕置きタイムが始まっちゃった。

「モチ太、ルリ！　気持ちは嬉しいよ、ありがとう。でも……もうやめようね？」

『ええ〜!?　なんでっち？』

『ん。おしおき』

僕がそう言うと、モチ太とルリが不服そうに僕を見てくる。

だって……正直なところ僕には、この状況が怖くて直視できない。

このままだと、プルー教皇の精神が崩壊しちゃいそう。

「モチ太様。ルリ様。お心遣いに感謝します。素晴らしいお力を見せていただき感動しました。しかし、後始末は私どもにお任せください」

王様がモチ太とルリに深々と頭を下げた。

『……素晴らしいお力？　ふうむ、お前見る目があるっち』

モチ太は褒めてもらえて嬉しいのか、尻尾をブンブンと回しながら王様にぴょんっと勢いよく飛び付こうとした。

「モチ太！　そんな勢いで国王様に体当たりしたら潰れちゃうよ！」

慌ててモチ太を抱き上げる。

『むむ？　ゆっくりっちけど』

再びモチ太がキュルンっと小首を傾げる。

その仕草はとっても可愛いんだけれど、きっとあのまま飛び付いていたら、プルー教皇みたいに王様が吹っ飛んでいただろう。

「これから私は、このプルー教皇を尋問し、全てを洗いざらい話してもらおうと思っています。私が知っているだけでも、かなりの仲間がいるようですし」

王様はプルー教皇を見て、口角を少しだけ上げて笑う。でも、その目は笑っていない。

「大丈夫なの？」

「はい。今度はもう傀儡になるような失敗はしません」

僕が尋ねると、王様が笑顔で答える。

そして王様はスタスタと歩いていくと、民衆に向かって頭を下げた。

「皆の者、心配をかけた。私は長い間プルー教皇に操られ、国政ができていなかった。本当に申し訳ない」

民衆がざわめく。

だって……王様が皆に頭を下げるって、ありえないことだよね!?

毅然とした態度で、自分の悪かったことを認めて謝るなんてすごいことだよ！

少しの沈黙のあと、民衆から大歓声が巻き起こる。

「「「「「「ウオオオオオオオ!!」」」」」」

「国王陛下バンザイ！」

「始祖様！」

「国王陛下！」

「始祖様！」

ええと……なぜだか始祖様コールも混ざっているんだけれど。

この王様は、少年のような見た目なのに中身は立派な大人だ。

こっそり年齢を聞いたら、十八歳だと言われてびっくりした。

獣人の平均年齢は二百歳なんだとか。

「まだまだ子供ですよ」と笑っていたけれど、前世だと立派な成人した大人の年齢だからね。

まぁ、ルリやハクのこともあるし、この世界は、年のとり方が前世とは違うんだなと、改めて思った。

『じゃあ、森に帰るさね？』

「あ、その前に、ジークさんたちにも挨拶しなくちゃ！　さっきあそこら辺にいたんだ。皆ちょっと待ってて！」

僕はそう言うと、ジークさんとクリスさんのところに走っていった。

後ろからルビィもついてくる。

「ルビィ！　無事でよかった……！　ヒイロ様には本当になんてお礼を言ったらいいか」

「ふうぅ……ジークさんも無事でよかった！」

ジークさんとルビィが泣きながら抱き合い、その様子をクリスさんが優しそうな目で見つめている。二人が無事に再会できてよかった。

ジークさんとクリスさんに挨拶をした僕たちは、また皆のところに戻って、王様に別れを告げ、森に帰ることにした。

ハクが大きなドラゴンの姿に戻った時は、再び会場が騒めいて始祖様コールが鳴り止まなかった。どうやら使役しているドラゴンを、僕が呼び出したと勘違いしちゃったみたい。

ドラゴンの正体はハクなのにね。なんなら僕のほうがハクのことを頼りにしちゃってるし。

このあとプルー教皇たちがどうなるのかなど、色々と気になるので、一週間後に再び王都を訪れることを、王様と約束した。

急にすごい展開になったけど、とりあえずは、一段落してよかった。

今後獣人国がどうなっていくのか、それも気になるな。

★　★　★

ヒイロたちがプルー教皇を退治した数日後。

王族にしか現れないアイスブルーの瞳を光らせ、若き王――シャムが牢屋に入った獣人たちを見る。その九割が猫獣人だ。

シャムは大きなため息が出そうになるのをグッと堪え、冷静に牢屋の中を見据える。

牢にいる獣人たちは皆、シャムよりも煌びやかで豪奢な服を着ている。

きっと権力を笠に着て、これまで豪遊し、好き勝手に振舞っていたのだろう。

「これで膿は出し切ったか……」

「そうですね。プルー教皇と繋がっていた者たちは、ここにいる者で全員かと」

シャムの隣で、凛とした姿勢で立つ男が言う。

彼は、前国王が殺害されるまでは王家の側近として仕えていた、ラグドールという男だ。

かなりのキレ者で、ラグドールが側にいると、元国王を殺害してシャムを懐柔できないと思ったプルー教皇たちが、領地経営という名目で何もない辺境の地へと追いやった。

それをシャムが、再び呼び戻したのだ。

ラグドールを含む仕事ができる有能な者たちが、城から追いやられてしまったことに、シャムは責任を感じていた。

シャムはそのことを思い出すたび、苦しくなる。

「シャム陛下。またそのような顔をして、何を考えているのかはわかりますが、今は後悔ばかりしている時ではございません」

「ラグドール……ははっ。君は全てお見通しだね」

側近のラグドールに心情を言い当てられ、シャムはなんとも言えない顔で笑う。

「ふふふ、そうですよ。さぁ、この者たちに犯した罪を償ってもらいましょう」

「そうだね」

（始祖様が再び獣人国に来た時に、いい報告ができるように……国の復興はまだ始まったばかりだけど、私は絶対にやり切ってみせる）

シャムは心で誓いを立てると、ラグドールの顔を見た。

二人は目を合わせ、少しだけ口角を上げると、牢屋を出ていった。

★　★　★

シャムがプルー教皇と関わりがあるものを牢屋に捕えていた時。

猫獣人の村の住人たちは、王都の使者からの通達に驚きを隠せないでいた。

青ざめる者、泣き出す者、膝から崩れ落ちる者など、その様子は三者三様だ。

その中には、ルビィのことを散々虐げていた兄と両親もいた。

彼らは人一倍、青ざめて震えている。

「明日、国王陛下がこの村にいらっしゃる。その時、忌み子のことについて、村人一人一人から詳しく聞きたいそうだ」

使者は村人たちにそう伝えた。

「そうなのですね。わかりました」

村長であるルビィの父は高を括（くく）り、村人全員で口裏を合わせればいいだけだと、悪どい笑みを浮かべる。

「もし嘘をついた場合は、すぐにバレると思え。一緒に来る側近の一人は、嘘を見抜くスキルを持っている」

しかし、すぐに使者に釘（くぎ）を刺される。

その言葉に、猫獣人たちは皆青ざめた。

シャムとて村人全員を厳しく罰するつもりはない。

だが、これまでに行き過ぎた差別があったと報告が入っている。

その内容を詳しく聞きたいのだ。

この村から忌み子の間違った伝承を正していかないと、先に進めないとシャムは考えていた。

翌日、村にある騎士団の寄宿舎に村人が集められ、シャムによる尋問が始まった。

尋問は家族ごとに行われていく。

「それで？　お前たちはルビィに何をしたのだ」

シャムの横に立つ第一騎士団長のジークが、眉間に皺を寄せ猫獣人に尋問する。

尋問は終わりに近付き、残り二つの家族を残すところとなったが、驚くべきことに、話し終えたほとんど全ての猫獣人がルビィに何かしらの暴行をしていた。

その話を聞くたびに、シャムやジークの顔が歪む。

誰だってそんな話を好き好んで聞きたくはない。ましてやそれが大切な仲間のものなら尚更だ。

「へっ……俺たちは見ていただけで……」

「そうです、そうです！　何もしていません」

「全て嘘です」

何もしていないと言う猫獣人たちに、ラグドールが被せ気味に言う。

金色の左目が、嘘を見抜くたびに輝く。

「はぁ……さっさと本当のことを言え。次からは嘘を吐くたびに、左手から順に四肢を切り落としていくからな！」

ジークはそう言って剣を抜く。

「ヒィィィィイィッ！」

震え上がる猫獣人たち。

「わっ、私は村長の息子であるマタッタビに命令されて……本当はしたくなかった」

「本当はしたくなかった、が嘘です」

ラグドールが村人の嘘を次々見抜いていく。

話を聞けば聞くほど、ジークの眉間に深い皺が刻まれていく。

「すみません。忌み子は殴っていい、鬱憤を晴らすための道具だと思っていました。人だと認識していませんでした」

その言葉を聞いて、ジークが村人を斬り殺す勢いで迫る。

「ふざけるな！　息をして、体を動かし、悲しい時には泣き、嬉しい時には笑う。痛みだって感じる。ちゃんと生きているんだ！　そんな道具が存在するとでも？」

ジークの叫びを聞いて、村人は肩を震わせ、涙を流す。

自分たちはなんてことをしてしまったのだ、と反省しているのだ。

「もうしません！　本当にすみません。忌み子は悪魔の生まれ変わりの、悪しき存在であると、生まれた時からそう聞き、育ちました。今までそれが誤解であると、考えたことすらありませんでした」

「嘘をついていません」

ラグドールが言う。

悪いことをしたが、これまでの常識を改め、心の底から反省しているようだ。

「わかった。この者は反省し、自分のしたことを後悔している。この家族には、王都の下水処理を一年命じる」

王都の下水処理は、かなり匂いがキツく、誰もやりたがらない。だが、今回の尋問で下される処罰の中ではこれが一番軽い。

「ありがとうございます！　陛下の温情に感謝いたします」

猫獣人の家族は頭を下げ騎士団の寄宿舎をあとにした。

「では次の家族を入れろ！」

「はっ」

（これで最後の家族か……それにしても、猫獣人の村でこんなことが起こっていたなんて。どうして気付けなかったんだ。私は一国の王として失格だ。もうこんな失敗は二度としたくない）

シャムが顔を歪める。

その横に立つ男、ジークも同じ気持ちなのだろう。同じような顔をしている。

「次の家族で最後ですね。ほう……ルビィの家族ですか」

ラグドールが資料に目をやり、目を細める。

「入れ！」

部屋の外に立つ騎士たちに促され、村長であり、ルビィの父でもあるカッツォが、ルビィの兄のマタッタビと母のイリッコを連れ入ってきた。

三人は緊張した表情をしている。

「なぜ家族であり、血の繋がった肉親のルビィを虐待したのだ？」

シャムがゆっくりと問う。

「そっ、それは……」

シャムの言葉に、カッツォが口ごもる。

「本来なら、身内こそ助けてやらねばならぬのに」

「そっ……」

「……まぁ黙っておれば、極刑が確定するだけのこと」

シャムの言葉を聞き、今度はイリッコが顔を引きつらせながら声を上げる。

「わっ、私は夫である村長カッツォに虐待しろと命令されました！　そうしないと私が殴られるからしたまでです」

「なっ、何を言って⁉　お前が忌み子は気持ち悪いから殺そうと言ったんだろう⁉」

「ななっ、そんなわけない！　あんたが命令したからよ！」

カッツォとイリッコが言い争いを始める。

「俺は父さんたちが命令したから、ルビィを殺そうとしただけだ！」

「マタッタビ⁉　何言い出すんだ⁉」

「俺は悪くない！　両親が悪いんだ」

マタッタビまでこんなことを言い出したので、カッツォが焦る。

「カッツォは本当のことを言ってますね。イリッコは嘘。マタッタビも嘘です」

そんな三人の様子を見て、ラグドールが冷静に嘘を見抜いていく。

「これ以上聞いていても無駄だ。先に問うた村人からも、お前たち家族がルビィにしたことを聞いている」

「「「えっ？　聞いて？」」」

三人が驚きのあまり目を見開く。

「この家族全員、鉱山奴隷として一生働くこととする！　以上」

「「「鉱山奴隷⁉」」」

その言葉を聞いて嫌だと叫び出すカッツォたち。それもそうだろう。

この刑を受けた者は、死んだほうがいいと思えるほどに過酷な状況で、生涯働くことになる。

死刑のほうが軽いとさえ言われている。

「いやだァぁぁ！　父さんのせいで」

「あんたがさっさと殺してたら、こんなことにならなかったのよ」

「殺すのに手間取ったお前たちが悪いんだ」

醜く言い争うルビィの家族たち。

「うるさい！　この者たちを連れていけ」

「「はっ！」」

シャムの命令にラグドールとジークが返事をする。

家族たちは泣き叫び、許してくれと懇願するも、そんな都合のいい願いが叶うわけもない。

すぐに刑が執行され、このあと彼らの姿を見た者はいなかった。

「私が想像していたその何倍も壮絶だった」

「そうですね。人のする行為じゃない」

尋問を終え、泣きそうなシャムの肩をそっと支えるラグドール。

「まさか、こんなにひどい状況だったなんて……それに気付けなかった俺は最低だ」

ジークが肩を震わせ、唇を噛み締める。

シャムやジークたちにとっては耐え難い時間だったが、この先はもう二度とこのようなことが起こらないようにと、その場にいた者たちは、皆で強く誓った。

「これで始祖様にも、全てが終わったといい報告ができる」

シャムが天を仰ぎ、ボソッと呟く。

第六章　森へ帰ろう！

連れ去られたルビィを無事に救い出し、獣人国でプルー教皇をこらしめて、僕たちは今森に向かっているところだ。やっと森に帰れるのが嬉しい。

だって、森に帰ることを想像すると、ホッとするんだ。

僕にとってあの森は、異世界の家のような場所なんだなと思う。

大変だった揉め事が、丸く収まったのはよかったんだけれど、何か忘れているような気がするんだよなぁ。ルビィのことも助けられたし、ジークさんに挨拶もできたし、大丈夫だよね？

家の結界が壊されたのには、ビックリしたけれど……ん!?

——そうだ結界！

「ハク！　ちょっと待って。ルビィの家の結界って、穴が開いたままじゃ!?」

『……そういえばそうさね』

「直しとかないと、また誰かに嫌がらせされちゃうかも」

忌み子の誤解は解いたし、王様は対応してくれるって言ってたけれど、猫獣人の村の人たちの考え方が変わるまでどれくらいかかるかわからない。

『ふむ……じゃあ森に帰る前に猫獣人の村に寄って帰るさね』

ハクの言葉を聞いて、ルビィの体が小刻みに震えている。

……嬉しいんだよね。

そうだよね。ルビィはきっとずっと気になっていたよね。

でも僕たちに気を遣って、言わずに我慢していたんだ。

ゴメンね、なかなか気付いてあげれなくって。

僕はそんなルビィの背中をポンポンッと撫でた。

その横でルリが、ルビィの尻尾で楽しそうに戯れている。相変わらずマイペースだ。

『ルビィの家が見えてきたさね。下降するよ』

え？　もう着いたの⁉

ハクってば、速すぎる！

その言葉に驚き下を見たら、猫獣人の村の上を飛んでいた。

ハクの背中は風圧も全く感じないから、そんな速度が出ていることに気が付かない。

『よし……ルビィ。この家はこの場所じゃないといけないのかい？』

「え？　そんなこだわりはないけれど……移動できるならしたいくらい。でもそんなこと無理だし……」

『そうかい。その言葉を聞いて安心したさね』

ハクがそう言って優しく笑ったと思ったら――

「えええええ⁉　きききっ、消えた⁉」

「え⁉　おじいさんの家？」

さっきまであったはずの家が綺麗さっぱり消え去っていた。

一体何が起こったの？

『ハクの魔法』

驚いている僕たちを見て、ルリが得意げに教えてくれる。

『どうせ森で一緒に暮らすなら、家も近くにあったほうがいいさね。家を異空間に収納したのさ』

びっくりしている僕らが面白いのか、ハクがいたずらっぽく笑う。

『ふん！　そりぇくらい、わりぇもできるっち！』

モチ太が前足をタンタンっと振る。

すると家の隣にあった畑が消えた。

ハクばかり褒められて悔しいのか、モチ太が謎に対抗している。

『どうっち！　わりぇのほうがすごいっち』

尻尾をフル回転させ、褒めてとばかりに僕の足元に擦り寄ってくる。

驚きつつも、ルビィがすごく嬉しそうだったので、全力で褒めた。

「そうだね。モチ太は天才！　流石、モチ太様！」

『ふふんっ、わかればいいっち』

モチ太は得意げな顔をしてふんぞり返っている。

『じゃあこの村にもう用はないさね。帰るよ』

「うん！」

ハクの言葉に、ルビィが笑顔で頷く。

皆でハクの背中に乗り、僕たちが暮らす森の泉へと飛んでいく。

泉に着くとハクは『ちょっと疲れたから私は寝るさね』と言って、欠伸をしながら洞窟に入っていった。

夜中から飛んでくれたり、いっぱい魔法を使ってくれたりと、疲れて眠いよね。

ありがとうハク。お疲れ様、ゆっくり休んでね。

ハクが入っていった洞窟の横には、ルビィのお家と畑が並び、目を爛々と輝かせながらルビィは家に入ったり、家の周りをぐるぐる回ったりしていた。

落ち着いたと思ったら、「僕は畑に種を蒔くね」と楽しそうに畑仕事をしている。

ルビィは疲れてないのかな？　働き者だなぁ。

夜中に出発して、今日はまともに眠ってないから、僕もちょっとだけ眠いけれど、今はまだお昼すぎ、寝ちゃうのはもったいないな。

ルビィのお家を見ていて、思ったことがあるんだ。

僕もお家を建てたい。皆でご飯が食べられる、広いウッドデッキがあるお家がいいなぁ。

ふふふ、ログハウスとかどうだろう？

あれなら釘がなくても、木の切り方でブロックみたいにくっつけることができる。

前世で読んだ本のおかげで、頭の中には完璧な木の切り方や組み立て方が入っている。

僕がそれを作れるかどうか……はまた別。切るのは難しそうだよなぁ。

でも、やってみないことには進まない！

「よし！　今日は木を切って、丸太を作るぞ」

『ん？　どした？』

僕が急に大きな声で独り言を言ったせいで、ルリが走ってきた。

「ええとね。今から丸太をいっぱい作るために、木を切りにいくんだ」

『ふうん？　面白そう。ルリも行く』

「ほんと？　じゃ、一緒に行こうか」

『ん！』

僕とルリは、ワクワクしながら森に木を切りにいくことにした。

もちろんモチ太は『わりぇには家を守る仕事があるっち！』と言って、ハクが寝ている洞窟に入っていった。

きっとハクの横でお腹を出して寝るつもりなんだろうな。

さぁ！　頑張って木を切りまくるぞー！

僕とルリは森に入り、木を物色する。

どのくらいの太さがいいかな？　あんまり太すぎると僕には扱いが難しくなるよね。

う〜ん。このくらいが丁度いいかな？

この木は杉の木に似ていて、スッと上に伸びている。

辺りを見る限り、この辺では、これと同じ種類の木が一番多いように思うし。

「この木をたくさん切ってくれる？」

『ん。わかた』

僕は好みの太さの木に触れて、ルリにお願いする。

『これ？』

ルリがそう言って木に触れると……ドォォォォンっという大きな音と共に、目の前の木が倒れた。

手で軽く触れているようにしか見えないのに、木が次々に切り倒されていく。

ドラゴンの力……すごい。

あれ⁉　僕は切るより、ルリが切った木を集める係をしたほうがいいような……

適材適所ってことだね！

「僕に持てるかな？」

伐採された木を、力を込めて持ち上げようと両手で持つ。

「え？　こんなに軽いの？」

持ち上げられるのかさえも不安だった、長さ二十メートルをゆうに越える木を、僕は軽々と持ち上げてしまった。

「嘘でしょ⁉」

獣人パワーすごいや。それともこれも神様のチートなんだろうか？

どちらにしたって、楽し～い！

大きな木なのに、まるで小さな木の棒を持ってるくらいの感覚しかない。

片手でヒョイっと持ち上げられる。

木を次々にアイテムボックスへと収納していく。

だけど、僕がいくら拾っても、ルリの木を切り倒すスピードのほうがはるかに早いので、木は溜まっていく一方。

「ルリ！　もうそれくらいで大丈夫だよ」

『ん？　了解』

約二百メール先にいたルリが、木を拾いながら僕のところに戻ってきた。

ルリはなんでもできるなぁ。尊敬しちゃう。

「じゃ、泉に戻ろうか」

『ん』


泉に戻ってきた僕たちは、早速ログハウスの建築をすることにした。

さてと、まずはどの場所にログハウスを建てようかな？

洞窟のすぐ右隣はルビィの家と畑がある。

じゃあ、僕のログハウスはその反対側がいいかな？

いや……やっぱり洞窟からは少し離れた場所にしようかな。

何かを増築したいと思った時に、洞窟が近いと建てられなかったりするかもしれないしね。

僕は洞窟から少し離れた場所へと歩いていく。

「この辺にしようかな？」

この場所なら丁度土地が平坦になっている。

よし！　建てる場所が決まったら、次は木の加工だね。

凹凸部分を作って合体させたい。

ちゃんとフィットするように削らないと結合部分が緩んでしまうから、これはなかなか難しい作業だぞ。

僕は小さな剣で木を削っていく。

『今度は、何してる？』

ルリが僕の作業を不思議そうに見ている。

「木をこんな風に削って凹凸を作るんだ。あとでこれを組み立てるんだよ」

僕は仕上がった結合部分をルリに見せる。

『ふうん？　簡単』

次の瞬間、四十本の木に凹凸が出来上がってしまった！

嘘でしょ!?　僕これを一本作るのに十五分もかかったんだよ？

『ふふ。風魔法』

風魔法！　なんて便利なんだ。

僕も使えるようになりたい！　これは練習しないと。

じゃあ凹凸はルリに任せて、僕は組み立てだ。

「おおっ！」

切った丸太を一本ずつ積み上げて、壁を作っていく。

トンカチがないので、組み立ては素手でやっているんだけど、思ってたより簡単で、何より楽しい。力持ちって最高！

ものの数分で縦横高さがそれぞれ十メートルの四角い箱が出来上がった。

「いい感じじゃない？」

我ながら結構安定感のある家が出来上がったなと、うっとり見つめる。

惚れ惚れとして家を見つめていたら、ルリが空中に浮かんで家の中を覗き込んでいる。

『どこから入る？』

「あっ！　窓と扉！」

しまった、扉がないとどうやって入るのさ。

僕は慌てて壁を切り抜き、木を切って、窓と出入り口を作った。

ふぅ。これでよし！

危うく誰も入れない、ただの箱を作るところだった。

次は屋根だね。どんな感じにしようかな？

やっぱり定番の三角屋根かなぁ？

そこから試行錯誤しながら、屋根を作って――


ふふふ。まぁ……こんなもんかな？

　僕は完成したログハウスを、ニンマリと眺める。

初めて作ったにしては、よくできたんじゃないのかな？

結局屋根は、定番の三角屋根で作った。

最初完成した時は、全体はいい感じなんだけど、木と木の間にどうしても隙間ができてしまった。

どうしたもんかと悩んでいたけど、それは洞窟の周りの硬い石を塗ることで解決した。

石をどうやって塗るのって思うよね？

実はこの石、少し変わっていて、泉の水に漬けると粘土みたいな柔らかくなるんだ。

乾燥すると、元の硬さに戻る。

不思議……どんな構造なんだろう？　これぞ異世界。

《鑑定》してみたら、鉄粘土石（アイアンクレイ）って言うんだって。

柔らかい状態で塗って、乾かして固めたら、接着剤として使える。

この鉄粘土石（アイアンクレイ）の存在は、ハクが教えてくれた。

それで隙間に埋めたり、窓や入り口のサッシとしても使った。

かなり頑丈かつ、立派な家ができたと思う。

窓はまだガラスが埋め込まれてないから、枠組みだけだけど。

ガラスも材料を集めて、自分で作ってみたいな。

ついでに丸太を切って並べ、鉄粘土石（アイアンクレイ）でくっつけてウッドデッキも作った。

ウッドデッキには、ルリと一緒に作った机と椅子を並べて、なんだかオシャレなカフェのよう。

ふふふ！　夜ご飯はこの場所で食べるぞー！

想像するだけで楽しくなる。

「そうだっ！」

せっかくだし、新たな食材も見つけにいこうかな。

『どした？　顔、変』

ルリがニタッと笑い、僕の顔を覗き込んできた。

またニヤついているところを見られた。

「もうっ。覗かないで」

僕はそう言って、ルリから走って逃げる。

『んん？　ププ』

ルリがニタニタしながら、逃げる僕を追いかけてくる。

もう！　いたずらっ子め。

「僕は食材を探しに行ってくるね！」

ルリから逃げながら、僕は食材探しに向かう。

『む？　一緒に行く』

するとと、ルリも僕のあとをついてきてくれた。

何だかんだ、ルリが一緒だと心強いから嬉しいや。

森を探索していると、大きな木の実が目に入った。

僕の顔よりも大きい。形はラグビーボールに似ているな。

あれはなんだろう？　食べれるのかな？　《鑑定》！


【パンの実】

そのまま食べるとほんのり甘い果実。

丸ごと蒸し焼きして食べると、ふわふわのパンのような食感になる。

一度食べるとヤミツキになる。

食べると一時的に体力が三十パーセント上昇する。


ふうん、パンの実かぁ。

「パンの実!?」

これって前世にもあったパンの実と同じなのかな!?

お母さんが「子供の時に大好きだったの」と言って見せてくれた古いアニメ。無人島に漂流して、偶然見つけたパンの実を焼いて食べているシーンは、ほんっとに美味しそうだった。

本物のパンよりも食べてみたいと思ってた食材！　これがそうなの⁉

どんな味がするのか想像するだけでワクワクしちゃう。

『どした？』

「こここっ、このパンの実をいっぱい採ろう！」

『ふうん？　これ普通』

ルリがパンの実を指さして、不思議そうに僕を見る。

「違うんだ！　料理したらすっごく美味しくなるんだよ」

『おいし……ゴクッ。わかた』

僕の熱意が伝わったのか、ルリはヨダレを垂れ流しながら、高いところに実っているパンの実を採っていく。

よぉぉしっ！　僕も採るぞ！

僕たちはたくさんのパンの実をアイテムボックスに収納し、ニッコニコで泉へと帰ってきた。

これから作る料理のことを想像してワクワクする。

『ヒイロ！　おいし、食べる！』

ルリが瞳を輝かせ、僕を見る。

わかってるよ、ルリ！

あの食材がどうなるか楽しみなんだよね？　それは僕も同じ。

パンの実、どんな味がするのかな。

とりあえずパンの実を地中に埋めて、その上で火を起こす。蒸し焼きにするんだ。

これはアニメで見た方法そのままだけど、真似してみたいんだもん。

それを待っている間に、もう一品。

パンの実の皮を厚めに剥いて、中の果肉を乱切りにする。

これをオリーブオイルでカラッと揚げて、煮詰めた砂糖と絡めたら、大学芋風の料理の完成！

香ばしいいい匂いが辺り一面に広がる。

この匂い……あのお方が登場しそうなんだけど……

『なんだっち!?　いい匂いがして目が覚めたっち！』

モチ太が尻尾をフル回転させながら洞窟から出てきた。

……やっぱり匂いに釣られて飛んできたか。モチ太様。

『わりぇに早くよこせ！』

モチ太がそう言いながら、前足で地面をタンタンッと叩く。

「ちょっと待ってね？　できた料理をログハウスに運ぶから」

僕は慌てて埋めていたパンの実を掘り出した。

埋める前までは固かったのに、今は手で潰れちゃいそうなほどに柔らかくなっている。

どれ？　試しにパンの実を手で二つに割ってみた。

すると、フワッと湯気が上がり、なんとも言えない甘い香りが広がる。

「いい匂い……」

どんな味がするのかな？　ひと口先につまんでもいいよね？

割ったパンの実を指でつまむと、ふわふわもちもちの感触だ。

「はわわっ!?」

何これ！　ドキドキしながらそれをちぎって口に放り込む。

「んんっ〜！！」

美味しい！　ふわふわで口の中で溶けちゃう。

噛むと、甘みが口に広がる。

「美味しいっ！」

パンの実って、こんなにも美味しいの!?　それを味わえて、僕幸せだよう♪

『一人で何やってるっち？　わりぇにもよこすっち』

「あっ!?」

こっそりつまみ食いしいていたのをモチ太に見つかり、手からパンの実をガブリと奪い去られる。

『ぬああああああ!?　なんだこれは!?　ふわふわでうんまいっち』

モチ太の尻尾がフル回転している。うんうん、その気持ちわかるよ！

おっと、モチ太の反応に共感している場合じゃない。

早くログハウスに料理を運んで、皆にも食べさせてあげたい。

僕は新しく作ったばかりのテーブルに出来立ての料理を並べていく。

ルリには皆を集めて、ログハウスまで案内する役割を頼んでいる。

料理が全てテーブルに並び、皆が集まった。

準備ができたら――

「さぁ、召し上がれ！」

席に着いた皆が、不思議そうにパンの実を手に取っている。

『ん』

『これまた不思議な料理さね』

「いい匂いがするね」

『わりぇはさっき食べたっち』

そして、皆口に入れた瞬間……

『「!?」』

動きが止まったと思ったら、ヘニャリと幸せそうな顔をした。

ふふふ。美味しいよね。よかった。喜んでくれて。

でもね、パンの実の料理はそれだけじゃないんだよ？

「こっちの料理も食べてみてね」

僕はオリーブオイルでカラッと揚げて、砂糖を絡めたパンの実もテーブルに並べる。

『おいしっ！』

『ほう……』

「んん！」

『甘くてうんまいっち』

これも皆気に入ってくれたみたいだ。

甘いものに目がないルリが、美味しそうに次々に口に入れていく。

「今日は、皆頑張ってくれたからご馳走だよ！　前に作ってアイテムボックスに入れておいた魚と肉もあるからね。パンの実以外も食べてね？」

そう言いながら、魚と肉の料理もテーブルに並べていくんだけど、皆は新作のパンの実料理ばっかり食べている。

ふふふ。

美味しそうに食べている皆の姿を見て、なんだか幸せで、胸がいっぱいになるのを感じた。

午前中は大騒動だったのに、今ではそれが嘘みたいに思えるほど、優しい時間が流れている。

異世界に転生して、何もない森で、一人でどうしようって初めは思ったけれど、今は本当に幸せ。

これから先も色んなことが起こるかもしれない。

でも大好きな皆が側にいてくれるからなんでも乗り越えられる気がするんだ。

まだ僕の異世界での冒険は始まったばかり。

最強で可愛い仲間たち――ルリ、ハク、ルビィ、モチ太と、これからもマイペースに楽しんでいくんだ。

僕は美味しそうにご飯を食べている皆の姿を見ながら、そんなことを考えて、ニマニマするのだった。このあと、ルリに『ヒイロ、顔、変』と笑われたのは、言うまでもない。

The Record by an Old Guy in the World of Virtual Reality Massively Multiplayer Online
とあるおっさんのVRMMO活動記
1〜28
椎名ほわほわ
Shiina Howahowa
アルファポリス
第6回
ファンタジー
小説大賞
読者賞受賞作!!
累計180万部突破の大人気作
(電子含む)
TVアニメ
2023年10月2日より放送開始!
TOKYO MX・BS11ほか
コミックス
1〜11巻
好評発売中!
超自由度を誇る新型VRMMO「ワンモア・フリーライフ・オンライン」の世界にログインした、フツーのゲーム好き会社員・田中大地。モンスター退治に全力で挑むもよし、気ままに冒険するもよしのその世界で彼が選んだのは、使えないと評判のスキルを究める地味プレイだった!
——冴えないおっさん、VRMMOファンタジーで今日も我が道を行く!
1〜28巻 好評発売中!
各定価：1320円(10%税込)　illustration：ヤマーダ
漫　画：六堂秀哉　B6判
各定価：748円(10%税込)
アルファポリスHPにて大好評連載中!
アルファポリス 漫画
検索
とあるおっさんのVRMMO活動記
椎名ほわほわ
現実じゃ冴えない会社員(30代・独身)でもVRMMOの中では
名うてのスキル職人!?
ネットで人気爆発!
冴えないおっさんのほのぼのVRMMOファンタジー!
第6回アルファポリスファンタジー小説大賞
読者賞受賞作、待望の書籍化!
現実じゃ冴えないおっさんが
料理生産から冒険まで
VRMMOで大活躍!!
大人気ファンタジー待望のコミカライズ!!
シリーズ累計18万部!!

Re:Monster
リ・モンスター
1～9・外伝
8.5
暗黒大陸編1～3
金斬児狐
Kanekiru Kogitsune
シリーズ累計150万部（電子含む）突破！
TVアニメ化決定!!
ネットで話題沸騰！
怪物転生ファンタジー
最弱ゴブリンの下克上物語 大好評発売中！
コミカライズも大好評！
Re:Monster
リ・モンスター
金斬児狐
転生したのはまさかの最弱ゴブリン!?
【小説】
1～9巻／外伝／8・5巻
新章
Re:Monster
暗黒大陸編
1
新たな旅が今始まる！
最弱ゴブリンから最強黒鬼 そして新世界の伝説へ！
【小説】
1～3巻（以下続刊）
Re:Monster
リ・モンスター
1
転生したのは…最弱ゴブリン!?
異世界下克上サバイバルファンタジー
累計23万部突破!!
待望のコミカライズ!!
【漫画】
1～10巻（以下続刊）
◉各定価：1320円（10％税込）
◉illustration：ヤマーダ
◉各定価：1320円（10％税込）
◉illustration：NAJI柳田
◉各定価：748円（10％税込）
◉漫画：小早川ハルヨシ

月が導く異世界道中
Tsukiga Michibiku Isekai Dochu
あずみ圭
Azumi Kei
1~18
8.5
シリーズ累計
350万部
(電子含む)
の超人気作!
TVアニメ 第2期
2024年1月から
2クール
放送決定!
月が導く異世界道中
あずみ圭
薄幸系男子の成り上がりファンタジー開幕!
なんでだろう 親の都合で異世界へ
読者賞受賞作!
待望の書籍化!
異世界へと召喚された平凡な高校生、深澄真。彼は女神に「顔が不細工」と罵られ、問答無用で最果ての荒野に飛ばされてしまう。人の温もりを求めて彷徨う真だが、仲間になった美女達は、元竜と元蜘蛛!? とことん不運、されどチート な真の異世界珍道中が始まった!
月が導く異世界道中
1
あずみ圭
木野コトラ
29万
とことん不運、されどチート!!
2期までに
原作シリーズもチェック!
●各定価：1320円(10%税込)
●illustration：マツモトミツアキ
1~18巻好評発売中!!
漫画：木野コトラ
●各定価：748円(10%税込) ●B6判
コミックス1~12巻好評発売中

チート薬学で成り上がり!

著 めご
伯爵家から放逐されたけど優しい子爵家の養子になりました!

神スキルで人生逆転!

頼られまくりの万能薬師!

サラリーマンの高橋渉は、女神によって、異世界の伯爵家次男・アレクに転生させられる。さらに、あらゆる薬を作ることができる、〈全知全能薬学〉というスキルまで授けられた! だが、伯爵家の人々は病弱なアレクを家族ぐるみでいじめていた。スキルの力で自分の体を治療したアレクは、そんな伯爵家から放逐されたことを前向きにとらえ、自由に生きることにする。その後、縁あって優しい子爵夫妻に拾われた彼は、新しい家族のために薬を作ったり、様々な魔法の訓練に励んだりと、新たな人生を存分に謳歌する!? アレクの成り上がりストーリーが今始まる――!
●定価:1320円(10%税込) ●ISBN:978-4-434-32812-1 ●illustration:汐張神奈
重い病気から頭皮の悩みまで速攻解決!

この作品に対する皆様のご意見・ご感想をお待ちしております。

おハガキ・お手紙は以下の宛先にお送りください。

【宛先】

〒150-6008 東京都渋谷区恵比寿 4-20-3 恵比寿ｶﾞｰﾃﾞﾝﾌﾟﾚｲｽﾀﾜｰ 8F
（株）アルファポリス　書籍感想係

メールフォームでのご意見・ご感想は右のＱＲコードから、
あるいは以下のワードで検索をかけてください。

アルファポリス　書籍の感想　検索

ご感想はこちらから

本書はWebサイト「アルファポリス」（https://www.alphapolis.co.jp/）に投稿されたものを、改題・改稿、加筆のうえ、書籍化したものです。

もふもふ転生（てんせい）！
～猫獣人（ねこじゅうじん）に転生（てんせい）したら、最強種（さいきょうしゅ）のお友達（ともだち）に愛（め）でられすぎて困（こま）ってます～

大福金（だいふくきん）　著

2023年 10月31日初版発行

編集－和多萌子・宮坂剛
編集長－太田鉄平
発行者－梶本雄介
発行所－株式会社アルファポリス
〒150-6008 東京都渋谷区恵比寿4-20-3 恵比寿ｶﾞｰﾃﾞﾝﾌﾟﾚｲｽﾀﾜｰ8F
TEL 03-6277-1601（営業）　03-6277-1602（編集）
URL https://www.alphapolis.co.jp/
発売元－株式会社星雲社（共同出版社・流通責任出版社）
〒112-0005 東京都文京区水道1-3-30
TEL 03-3868-3275
装丁・本文イラスト－パルプピロシ
装丁デザイン－AFTERGLOW
印刷－中央精版印刷株式会社

価格はカバーに表示されてあります。

落丁乱丁の場合はアルファポリスまでご連絡ください。

送料は小社負担でお取り替えします。


ISBN978-4-434-32648-6 C0093